Cloé Korman

Mettre au monde

roman

Flammarion

Pour l'écriture de ce livre, l'autrice a bénéficié d'une aide
du Centre national du livre.

ISBN : 978-2-0804-3506-4

À ma mère, Anne
À mes enfants, Ulysse, Raphaël et William
Et à Thibaud, qui fait naître et advenir

« Pourquoi n'écris-tu pas ? Écris ! [...]
Écris-toi : il faut que ton corps se fasse entendre.
[...]
Mets l'autre en vie. »

HÉLÈNE CIXOUS, *Le Rire de la Méduse. Manifeste de 1975*

Elle a toujours cru qu'elle pourrait voir renaître ce matin tel qu'il est à l'instant sous ses yeux, en sortant de sa garde. Retrouver ce qu'elle aime quand elle quitte la maternité des Vironnes après tant d'heures de tension et d'efforts, par exemple le marché du vendredi dans le cercle de façades en briques qui entoure la station La Courneuve – 8-Mai-1945. Elle traverse les stands de nourriture et de vêtements après avoir dit au revoir à Georgia ou à Louise – selon les jours de garde, il ne manque jamais une collègue pour la déposer au métro en voiture à cette heure si précoce, une des banlieusardes qui continuent leur chemin vers les endroits où la ville s'éparpille, se mêle aux forêts, parfois beaucoup trop loin de l'hôpital pour leurs horaires de folles.

Jill descend l'escalier vers le frais souterrain. On est en mai : au milieu d'un printemps délicieux, de premières heures du jour qui se cueillent cœur battant, elle est assez fière d'avoir précédé l'aube dans un tel état de veille et de concentration. Elle porte son regard à vif sur ses frères et ses sœurs du métro. Au début de la ligne persiste le sentiment d'être en retard, de partir bien après ceux qui ont quitté La Courneuve avant le lever du soleil vers les chantiers et les ménages de bureaux, tandis qu'à partir du changement à Stalingrad elle sait que tous ceux qu'elle frôle ne font que commencer, que suivre le flux de cette journée qu'elle remonte désormais à contre-courant. C'est à ce moment-là en général qu'elle se met à goûter en secret, en plus de l'anonymat des foules, à un sentiment de clandestinité proche de la disparition, une transparence de vitre de wagon que personne ne remarque. Pour elle le travail se termine.

Elle a encore dans les oreilles les cris, et sous les cris les pulsations électroniques qu'émettent sans arrêt les terminaux des salles de naissance. Ses mains, elles, sentent la Bétadine malgré tous les rinçages qu'elle leur a administrés et sous la Bétadine elle continue de sentir le goût ferreux du sang, l'ammoniaque, les fèces, et la javel passée dessus au petit jour, comme un rêve qui ne s'efface pas. Elle a dans les yeux des vulves expulsantes, les trois sommets des trois têtes apparues cette nuit se confondent légèrement, crânes aux chevelures humides et couronnés de poils, noirs, bruns, blonds, puis les faces violacées qui se mettent à hurler. Pour Jill, rien de sa vie ne peut changer tant ces visions sont anciennes, elles ont ses quinze ans de carrière de sage-femme comme elles ont cent ans, ou douze mille ans, rien ne peut les altérer ni altérer ce qu'elle désire : continuer sa tâche. Une épaule appuyée contre la paroi de la porte, planque inespérée dans le wagon plein, elle peut tourner la tête et découvrir entre deux stations son reflet éberlué, ce visage hanté à l'envers, non par les morts mais par ceux qui naissent, aussi troublants, irruptifs que des fantômes.

Elle regarde les silhouettes qui l'entourent et détaille leur âge, les voyageurs qu'elle a mis au monde peuvent déjà être des collégiens, parfois des jeunes lycéens ou débutants dans tel ou tel monde, qui l'auraient retrouvée ici. Elle sourit au souvenir du dernier-né de sa garde, et au fait d'avoir pu suivre alors les conseils de sa mère, tels que murmurés en dehors de tout manuel : « Les petits dont la peau est foncée comme toi et moi tu regardes surtout leurs lèvres, ma petite, et pas leurs pieds comme ils disent dans tes livres, si tu veux vérifier très rapidement qu'ils respirent, ma jolie, tu ne te trompes pas, c'est là qu'on voit le rose affleurer et je ne te pardonnerai pas, mon enfant, je t'étrangle en fait si tu les laisses s'étouffer par ignorance, par crasse, par inculture, en attendant en vain que ça leur vienne sous les baskets, je te ferai avaler ma honte à ma place espèce de buse d'amphithéâtre, de voleuse de diplôme, je te tue ma chérie si tu oublies ça. » Donc Jill a soulevé l'enfant, gardé une seconde lente comme les siècles sa bouche close à hauteur de sa bouche à elle et sans rien dire, avant qu'il devienne impérieux de le déposer contre l'aisselle, la joue, le sein-là qui le réclamaient, elle a scruté de toutes ses forces ces lèvres d'avant, juste avant le cri, et constaté le sang qui affleurait. Il y aurait bien, dans cinq minutes, après l'étreinte qui avait lieu à présent dans le lit humide, des tests, des mesures en kilogrammes, en battements par minute, en degrés Celsius et pourcentage d'oxygène dans le sang. Mais obtempérant aux consignes intraitables de Jeanne, elle a au plus tôt, pour elle-même, constaté le rouge irriguant la fine membrane, indication de son plus essentiel raccordement à la vie. Et, à la suite des mille et une autres naissances inscrites dans le registre invisible de sa mémoire, elle s'est dépêchée d'ajouter celle-là, un prénom, suivi de la mention chaque fois espérée : « né vivant ».

Quand elle émerge dans Belleville apparaît un autre marché, où s'ouvrent des sillons dorés entre les échoppes et les fruits brillent dans les mains brunes qui se tendent, pèsent, saluent. Après des jours et des jours de pluie intempestive, on peut percevoir la première douceur du printemps habitée d'une attente inquiète – celle de savoir si elle pourrait se changer en brûlure, soudain, assécher le monde sans pitié, nous transformer tous en assoiffés qui supplieraient l'averse de revenir. Mais c'est une peur vague que l'on a hâte de dissiper, ce vendredi 3 mai 2024 on célèbre, ce matin on goûte, on cueille les fruits où ils sont. Dans le fouillis de son sac, avant de trouver son portefeuille pour payer à Tahar une barquette de ragoût huileux, pimenté, et une galette de semoule qu'elle réserve pour son déjeuner, la main de Jill effleure d'abord deux ou trois cailloux, un morceau d'écorce, et la carapace sensible d'une moto-jouet en plastique. Ce contact fait surgir une bouffée d'amour qui la laisse hébétée sur le trottoir, accordée à une petite sensation de triomphe pour avoir réussi à la tenir loin d'elle pendant une durée raisonnable, et pouvoir à présent s'y livrer sans restriction. « T'as les enfants aujourd'hui ? » demande Tahar en pesant la barquette d'aluminium, comme s'il devinait les pensées de sa cliente aux traits brouillés, au regard luisant : « Ils poussent bien ? Ils chantent pour toi ? » ajoute-t-il, avec l'air de qui s'y connaît. « Oui très bien », répond-elle en état d'ivresse, songeant avec stupeur à ces deux arbrisseaux parfaitement déliés et vigoureux dont elle a du mal à croire qu'ils sont sortis un jour de son ventre, plutôt là comme des arbres sont à côté d'autres arbres, des fleurs d'autres fleurs, sans qu'aucune veinure d'aucune feuille ne légende l'origine du pollen. Ils sont près d'elle, et c'est plutôt cela qui lui importe. Ils lui ressemblent ? Peut-être, deux visages reflétant son visage, ou peut-être moins son visage que les expressions qui sont les siennes et qu'elle-même aura prises à d'autres, des souffles qui les traversent, formes si tôt envolées qu'un dessin ne pourrait les suivre.

Jill sait qu'elle est pâle de sa nuit de garde, à cet égard cela l'arrange de ne pas croiser Jeanne, de ne pas devoir affronter son regard, son exigence orgueilleuse et d'autant plus précise qu'elle tient de l'expérience clinique, « si ce n'est de la maquignonnerie », dirait Jill les jours où les observations de son infirmière de mère l'agacent plus que d'habitude. La transpiration de Jill a séché dans une odeur confortable, à son goût, le restant âcre et serein des aventures qui s'évaporent, avec l'élégance d'une bernache sortant du bain elle peut se glisser dix fois le nez sous l'aisselle, en se respirant, cela aurait peu d'effet sur les remontrances de Jeanne. Non, il vaut mieux qu'elle prenne une douche, qu'elle se repose, mette un jean et un tee-shirt propres et se coiffe, bon dieu qu'elle se lave les cheveux. Et oui qu'elle se coiffe, avant de lui parler : même au téléphone, ça se sentirait qu'elle a les cheveux en pétard, et pour rien au monde elle ne voudrait être prise en défaut. Elle l'appellera plus tard, elle se fera engueuler pour une raison ou pour une autre, quoi qu'il en soit sa mère trouvera toujours quelque chose à redire, mais ce sera pour tout à l'heure. Jill sait que rien ne tient sans Jeanne, son métier qu'elle aime tant aux horaires impossibles, elle lui aurait dit au revoir depuis belle lurette si sa mère n'était pas là pour l'aider avec les enfants lors de ses gardes : que ce soit celles de jour qui commencent bien avant et finissent bien après l'heure de l'école, douze heures de rang et parfois plus après lesquelles elle rentre KO, ou les gardes de nuit comme celle dont elle émerge, elles exigent de toute façon quelqu'un pour aller à sa place chercher-déposer à l'école, donner les bains et les dîners, lire des histoires, veiller. Elle chérit les jours de récupération qui lui permettent ensuite une liberté tous azimuts, elle prétend que ce rythme-là est tout aussi bien pour ses enfants plutôt que de se caler dans un service de consultations, à l'hôpital ou en cabinet, mais Jill sait bien que c'est la salle de naissance qui la retient, et avec elle une palpitation sans pareille. Il est plus ironique encore que ce métier, qu'elle ne peut exercer à fond désormais sans sa mère, elle l'ait choisi en défiant le mépris maternel et l'ambition de la voir médecin, pour Jeanne « une vraie carrière, espèce d'écervelée, un vrai pouvoir, ingrate, au lieu d'un destin de soubrette gynéco-obstétrique ». Elle n'a réussi ni cela, ni à conjurer le destin de mère célibataire dont la répétition les force à ce permanent face-à-face. Toutes deux n'auraient pas pu se retrouver plus empêtrées en le voulant et Jill ne peut nier non plus qu'elle aime vivre dans le regard de Jeanne gardien de ses années d'enfance mais aussi de souvenirs qu'elle ignore, ceux d'un chemin chaotique vaincu sans cesse, qui rend sa mère si noble à ses yeux. Ainsi que de visions de cette île qui la précède, la Guadeloupe, à laquelle personne d'autre ne la rattache aujourd'hui. Elle l'appellera au téléphone et encaissera tout ce qu'il y aura à encaisser, car sans Jeanne, rien de rien, donc elle sera patiente.

Tenant la barquette d'aluminium encore chaude que lui a donnée Tahar, elle quitte la toiture ocre et tremblante du marché pour rejoindre l'envers du boulevard, les petites rues où le brouhaha décline. Arrivée là elle sait que sa vigilance, l'enchaînement contrôlé de ses gestes, va la quitter, et que la fatigue va reprendre ses droits. Au cours de ces quelques mètres qui la séparent de chez elle, elle continue à saisir à toute vitesse une quantité excessive de détails, une voix qui téléphone saccadée par la marche, le néon cassé d'une devanture, trois canards laqués pendus dans la vitrine d'un restaurant chinois, l'écoulement d'eau claire dans le caniveau s'offrent à elle comme pour être dosés, mesurés en urgence, il lui faut du temps pour que tout cela s'éparpille, glisse loin d'elle. La fatigue l'envahit enfin quand elle franchit la porte cochère en métal bleu, lourde au point de ne pouvoir la faire céder qu'en appuyant son épaule, et titube jusqu'à l'ascenseur, jusqu'au couloir, jusqu'à l'appartement, d'où à cette heure ils seront déjà partis.

Jeanne a laissé la plupart des choses en plan, comme d'habitude, les bols du petit déjeuner abandonnés et les pyjamas sur les chaises disent assez ce qu'elle lui redira de toute façon au téléphone, qu'elle n'est pas sa femme de ménage. Un livre est resté sur la table de cuisine, un de ses préférés : l'histoire d'une petite fille qui se demande où disparaît son chat pendant qu'elle dort, la nuit, et qui le convainc de l'emmener avec lui dans ses vagabondages, pour savoir. Une fois rapetissée à taille féline, l'enfant le suit de gouttière en terrasse, d'escalier de secours en grue de chantier pour se retrouver enfin sur un toit d'immeuble où se tient une grande fête déguisée, un bal de chats masqués. Quand elle rentre de garde, Jill éprouve le même sentiment d'une fête clandestine dont elle serait l'intruse. Tout a bougé et laisse penser à un bal d'objets qu'elle se met à ranger, elle aime se maintenir éveillée encore tant qu'elle peut, et observer ce qui a pu se tramer sans elle. Une dizaine de véhicules sont groupés sous les montants du lit superposé, un assemblage de camions de pompiers et de voitures alignés pour un départ de course, avec un canard et une vache qui se sont qualifiés au sein de cette flotte de compétition. Sur l'oreiller du bas sont couchés deux chevaliers en armes et un gendarme, bardés de l'or et de l'argent de leurs blasons, de leur uniforme, et quelques animaux dorment dans la baignoire, un lion, un âne, une souris. Dans le salon, trois chaises ont été nouées ensemble grâce à un tendeur de vélo et recouvertes d'une couette, sous la couette se trouve un autre concile d'animaux, des crayons de couleurs éparpillés, et les quelques dessins réalisés dans cet étroit atelier. Il ne s'écoule qu'une petite heure environ entre le réveil des garçons et leur départ, et Jill admire une fois de plus leur prolixité. Devant chaque indice elle s'agenouille, se penche, ramasse. Elle range. Elle veut que tout soit limpide tout à l'heure, quand elle se réveillera, quand elle se mettra en mouvement pour les accueillir, aller les chercher. Elle veut continuer le jeu clandestin, à son tour prendre part au mouvement qui se trame quand elle a le dos tourné. Et petit à petit, ce faisant, elle mate la fatigue. Au lieu de s'écrouler, elle la garde encore quelques minutes en suspens dans son corps bagarreur, lui fait comprendre qu'elle cédera quand elle voudra. Quand tout est enfin clair, et calme, le soleil haut sur tant d'autres qui sont debout et le dernier cri de nouveau-né éteint dans son oreille, alors il ne reste plus qu'elle à ranger, elle se déshabille et, débarrassée de ses vêtements, de ses gestes, ayant soulevé d'entre les draps un dernier camion de pompiers qu'elle dépose sur la table de nuit, elle s'endort.

Pendant que Jill dort, Jeanne vieillit, trébuche et tombe malade. Le moment où les artères de Jeanne se retournent en mutinerie commence en fait quelques mois avant mais ni elle ni Jill n'en a alors conscience, et Jill dort pour la dernière fois dans un sommeil qui recueille sans éclipse la lumière de l'astre-mère. C'est une lumière ambiguë, qui laisse tomber des éclats bizarres, blessants. Récemment attablées autour d'un café, pendant que les enfants jouaient et qu'elle faisait à sa mère le récit d'une semaine un peu éprouvante à la maternité, s'est abattu sur elle, sans que Jill sache comment, le mot « sage-pute ». Elle a prié sa mère de répéter. Elle lui a demandé si, par hasard, elle n'avait pas entendu de travers. Mais Jeanne ne s'est pas fait prier davantage : « Tu l'as bien voulu, ton métier de sage-pute », et devant le visage blême de sa fille, ou peut-être une tentative de grimace l'invitant à rire ou à retirer ce qu'elle venait de dire, « écoute je t'appelle comme je veux », « ce n'est quand même pas très grave, c'est un très beau métier d'être pute, tu ne supportes rien toi… ». Jill a quitté la table pour aller voir si les garçons s'amusaient bien, dans leur chambre, ne faisaient pas de bêtises, le temps en vérité de décider si elle allait se mettre en colère et la foutre à la porte, ou laisser glisser, et savoir si l'éclat blême pouvait une nouvelle fois se dissiper dans un sourire, ou un haussement d'épaules. Quand elle avait l'âge de ses fils, cette lumière était plus clémente, certes elle en percevait le tranchant, mais elle le savait réservé à d'autres. Devenue adolescente, elle comprenait qu'elle s'était mise elle aussi, sans le vouloir, à représenter quelque chose qui physiquement troublait l'ordre et déplaisait à Jeanne, mais sa sagesse de fille bien plus encore : ce que Jeanne considérait comme sa modestie quant à ses choix d'avenir, sa capacité à se conformer à des goûts extérieurs et bientôt à ceux des hommes, la fit entrer à son tour dans le reflet de la lame. Pute était OK, mais sage... Pute, elle l'apprit petit à petit, avait en fait la sympathie de sa mère, qui voyait là le seul rapport honnête à la chair, pute était en somme louangeur, les putes au moins vivaient à la source de la connaissance, elles avaient quelque chose que de toute évidence les sages-femmes découvraient toujours trop tard. Le métier de Jill avait beau évoluer et concerner aujourd'hui toute la gamme de la contraception, de la prévention des maladies et des violences, cela ne suffit pas ce jour-là à convaincre Jeanne, éclatant de rire devant la colère et les arguments de sa fille. Jill se lève pour débarrasser les tasses et lui tourner le dos, reprendre son calme. Elle se demande quelle vie elle aurait dû mener pour jouir aux yeux de sa mère d'une gloire de pute, autour de combien d'amants, en acceptant de les rencontrer dans quels types de lieux, de leur faire quoi, en offrant quel lieu de son corps à leur plaisir. Aurait-elle gagné cette aura si elle avait, comme une de ses patientes récentes, tatoué une rose sur son pubis passé au laser intégral ? Eût-elle été pute au sens particulier qu'entendait Jeanne, elle ne se serait pas retrouvée, à quarante ans, avoir été amoureuse un nombre de fois certes réduit, mais déjà ridiculement excessif. Avec deux enfants qui plus est, fruits de sa candeur navrante. Elle n'aurait pas attendu quelque chose des hommes, c'était là que sa mère voulait en venir.

Pourtant le sommeil où elle nage, où la nuit de garde se désagrège peu à peu, les cris de bébés devenus infrasons, chant de baleineaux, où les battements de cœurs projetés sur les écrans ne sont plus que les siens, est aussi un sommeil plein d'hommes où les bites sont chargées de promesses romantiques. Elle n'y peut rien si c'est comme ça, si elle en attend des fulgurances et y voit des beautés de mer de corail, une ampleur esthétique, sentimentale et tendre dont elle ne démord pas. C'est vrai que ce serait sage sans doute, d'être pute, au sens d'une ablation nette et précise des sentiments par rapport au sexe. Elle en aurait plus de profit, moins de désillusion c'est certain. Elle arrêterait de penser à des hommes comme à des paradis, voire de les confondre avec la saveur même de l'existence. En attendant, c'est dans cette eau qu'elle baigne, qu'elle se réveille humide de rêves aux alentours de quatorze heures, à peu près requinquée.

Douchée, peignée, enfin des vêtements propres et adaptés pour être à la sortie de l'école à seize heures trente, elle se décide à appeler Jeanne comme il va de soi, et la remercier pour la nuit, pour l'acheminement ponctuel à l'école, et savoir comment ils allaient ce matin. Combien de sonneries de trop avant que le doute ne pointe, combien de secondes de plus avant qu'elle ne sache ? Trois, quatre ? Est-ce que quelque chose dans la tonalité même du téléphone, la durée de l'écho électronique, le vide entre les points, l'informent de tous ces mois où les artères de Jeanne n'ont eu de cesse de s'embourber, est-ce qu'elle perçoit la fatigue, le refroidissement soudain du visage maternel ? D'habitude, ce coup de fil est attendu, son obligation est tacite, Jeanne décroche tout de suite. Jill rappelle, une fois, deux fois, jusqu'au déclenchement de trappe sournoise du répondeur. Elle refuse d'y laisser sa voix et recommence, troisième appel. Au bout, ça sonne… Ça sonne à l'infini, ça sonne à des endroits de la lune qui sont inaccessibles, des failles que les robots d'exploration, les télescopes et les voix des filles, vierges ou putes appelant leurs mères, n'atteignent jamais.

Marguerite se réveille les cuisses mouillées. L'odeur du café indique que Sam a quitté le lit et s'occupe de leur atterrissage avec une grâce plutôt touchante, et elle se laisse voguer quelques minutes encore avant d'apercevoir le sang qui tache sa peau et les draps, un rouge rayé de nacre qui a maculé d'un bord d'une cuisse à l'autre, et de ses cuisses aux différents appuis nocturnes de son entrejambe, dont un ou deux probables décalques évoluent à présent dans la cuisine, papillons cramoisis tatoués sur des hanches et des fesses s'affairant aux abords de la cafetière. Marguerite bâille. La surabondance de ses fluides modifie ses plans, pourtant bien pensés encore, la veille, en un lavis incompréhensible teinté d'ivresse. D'un œil, elle calcule l'angle de ce soleil de mai et estime la journée bien trop avancée par rapport à la somme des efforts qui l'attendent. Cette impression de matinée perdue d'avance, la certitude qu'un type s'attarde chez elle au-delà de la nuit sans qu'elle parvienne à décider si elle préfère le retenir à toute force ou le passer par la fenêtre, les draps rougis qu'elle va devoir se résoudre à frotter puis à mettre en machine, et la sensation familière et banalement désagréable de barre de métal chaud dans le bas de son ventre, tout cela la décide à persister dans sa dérivation loin du monde et des emplois du temps, tête dans l'oreiller, main dans la fente pour tout gouvernail.

Mais Sam revient dans une aura pluvieuse de sortie de douche, s'assoit près d'elle, annonce le café et, soulevant le drap : « T'es tout sale et, soulevant le drap : T'as ton règle », conclut-il dans son français dont les désaccords la ravissent à tous les coups, avec quelques favoris qu'elle pourrait entendre sans fin, sans doute le sait-il suffisamment pour en faire un profit voluptueux chaque fois qu'il approche de son oreille les syllabes de « ton bouche », « ton chatte » ou « tu es joui ? ».

Décidant de mettre fin à la dissémination des taches, elle va se rincer dans la salle de bains, enfile un tee-shirt, une culotte, et met un tampon. Sur la table de bistrot plantée au milieu de la pièce, qui sert à tous les repas, petite comme une bouée à côté du bureau-navire proliférant de Marguerite, Sam a étalé une liasse imprimée en petits caractères et la dévale avec une concentration aussi réjouie, adolescente, qu'un lecteur de bandes dessinées. Elle se penche sur sa nuque et lorgne le titre sans déceler ce qui, dans cet article sur la toxicomanie, parmi les chiffres qui poinçonnent la page et les noms de médecins, d'hôpitaux, de molécules, de laboratoires pharmaceutiques suivis de leurs sigles, peut faire son bonheur d'historien de la littérature. D'après ce qu'elle sait, Sam est à la recherche d'une poétesse américaine, surréaliste tardive nommée Lilian West pour laquelle Marguerite s'est prise d'amitié tant qu'elle le retient à Paris sur sa piste brûlée dont il n'est pas certain qu'il reste le moindre tract, la plus petite goutte d'encre. La dernière trace d'elle remonte à un portrait détenu par Sam et qu'il a emporté à Paris, daté de 1940 et montrant Lilian avec ses deux enfants, un garçon, une fille, les entourant de ses bras, dans le glacis photographique, avec une intensité d'adieu. Comme chaque mois de mai, après la fin de ses cours à l'université, il est en Europe pour ses recherches qui consistent à prélever la littérature dans ses états les moins apprêtés, manuscrits ou premières éditions du début du XXe siècle surtout, qu'il rapporte ensuite pour les faire connaître aux étudiants américains. Pas les objets originaux mais des transcriptions, des extraits, des photographies : des doubles lumineux, débarrassés de leur enveloppe charnelle qu'il abandonne aux bibliothèques et aux commissaires-priseurs. Sa méthode consiste à définir des critères socio-économiques, des ensembles de pratiques et de lieux d'une époque afin d'examiner ce qui a pu y germer d'ouvrages et de publications, de tracts, de manifestes, de journaux, de chansons, de témoignages – parmi lesquels il guette la littérature dans ses apparitions plus ou moins éblouissantes, plus ou moins nettes et concertées. Que ce soit des archives d'une grève ouvrière, des bibliothèques d'hôpitaux, des antennes du Parti communiste ou des amicales d'étudiants fascistes, des clubs de jazz ou des salles de boxe, il ramène par filets entiers des paroles émanant de populations et de zones géographiques qui étaient tombées dans le silence. Après quoi il rentre chez lui, sur son campus en pierres blanches équipé de piscines, de bibliothèques d'incunables et de jardins botaniques, et il construit, depuis son bord du monde, une vue aérienne des romanciers et des poètes de ce premier XXe siècle, qui fait apparaître l'acte littéraire comme à la fois beaucoup plus fervent et plus ordinaire, plus contagieux, une sorte de feu prométhéen qui serait aussi le vice le mieux partagé.

Sa façon de procéder a suffi pour le faire détester au début de sa carrière : en Europe comme aux États-Unis, des collègues universitaires ont écrit dans des revues à comités qu'il « confond la littérature et l'art brut » ; ils ont questionné non seulement son sens moral, le qualifiant de vampire, d'extractiviste, interrogeant une méthode qualifiée de spoliatrice, et dénoncé ses facultés de jugement esthétique. Ils ont interrogé sa possible confusion entre la critique littéraire et les techniques de carottage, et un article en particulier a insinué – cette insinuation s'apparentait, dans les codes de la rhétorique académique, à une mise au point au travers d'une mire de bazooka – qu'il ne méritait pas sa place à l'université. Mais Sam Gladstone s'est montré patient. À force d'enrichir les bibliothèques de son département et d'autres facultés avec les trouvailles qu'il leur cède, il s'est fait accepter par ses collègues américains, reconnaissants pour les manuscrits rares qu'il déniche à leur place, ou pour les œuvres inconnues qu'il abandonne ensuite généreusement à leurs pulsions préfacières et qui pour certaines sont de véritables révélations, des momies exhalant des odeurs, des pensées, des noms qui semblent avoir été inscrits sur leurs bandelettes à destination de notre temps, et dont les rééditions font florès. À ce jour, seuls certains Européens lui pardonnent encore difficilement son approche. En les situant ainsi, parmi des phénomènes de société ou en produits d'époques où il repère par dizaines les avatars et les répliques, les gens comme Sam changent des écrivains qu'on croyait seuls, auréolés, en simples nuages dans une mer de nuages. Ils transforment des œuvres qui ont la réputation d'être miraculeuses en simples fleurs au milieu des champs de fleurs, parfois des champs de patates.

Il y a trois ans, alors qu'il était venu quadriller un de ses champs de ruines imprimées, dans la salle de consultation des archives de l'Assistance publique-Hôpitaux de Paris du Kremlin-Bicêtre, Marguerite et Sam se sont rencontrés. Ils sont devenus amants saisonniers : Sam arrive au printemps, et prolonge éventuellement son séjour jusqu'à l'été en faisant avec Marguerite quelques détours méditerranéens, puis il repart jusqu'à l'année suivante, plus ou moins tard, beaucoup trop tôt cette année au goût de Marguerite. Dans quelques jours, elle va devoir se passer de lui et de son vocabulaire hirsute, de son accent, de ses gestes. Raison pour laquelle elle perçoit l'urgence de s'en détacher. Quand il en aura fini avec sa nouvelle récolte, prononcé sa dernière communication de la saison auprès de collègues et étudiants français, le paysage de rivière chantante qu'il fait courir au travers de sa vie de Parisienne sera soudain désert, et il faudra bien qu'elle fasse autre chose que l'attendre, accroupie dans une onde devenue muette. Elle a donc engagé quelques stratégies de désaliénation plus ou moins victorieuses parmi lesquelles le travail est censé jouer un rôle majeur, elle y est aidée par le raz de marée qui s'annonce avec la fin du semestre : elle doit finir de donner ses cours, énoncer des sujets d'examens qu'elle devra bientôt surveiller avant de ramasser des copies par dizaines, mêlées à des corrections de mémoires plus volumineux encore ; participer à des réunions de préparation pour les maquettes pédagogiques de l'an prochain et à celles de son laboratoire de recherche, puis à une série de jurys pour les mémoires précités. Au milieu de ça, elle doit aussi préparer un colloque qui aura lieu à Marseille, c'est un point important de son plan de représailles car il l'obligera à quitter Paris deux jours avant Sam, ainsi, à ne pas se retrouver en situation de le regarder faire ses bagages et partir. Elle met beaucoup d'application à fourbir l'éclat de son orgueil, à en polir chaque facette. Un sentiment dont elle avoue pourtant sans difficulté qu'il est froid, saumâtre et sec, faisant perdre toute saveur à sa vie et à son travail. Alors que si elle accepte de se rallonger dans le lit ondoyant de son Américain printanier, elle sent à nouveau qu'en plus de son propre corps, toutes les copies de licence et le moindre article universitaire se remettent à l'intéresser mais aussi la cacophonie des médias, la tête de ses voisins, les trajets en métro, tout cela réintègre sa vision dans une harmonie luxuriante et elle a plutôt l'impression de marcher, quoi qu'elle fasse, en femme gigantesque traînant dans sa chevelure les milliers de choses et de couleurs parmi lesquelles elle se couchera le soir.

Marguerite s'assoit d'une fesse sur la cuisse de Sam et continue à lire avec lui, cherchant dans la page de la revue, cette paroi austère, ce qui a pu faire naître son intérêt, le cristal ajusté dans la langue académique. Le lien entre cet article et Lilian West lui semble ténu mais elle sait aussi que dans les années 1940 Lilian, âgée de vingt-cinq ans, abandonnant dans le New Jersey son ennui d'épouse et ses deux enfants, est venue en France pour écrire des poèmes et s'échapper d'elle-même à coups d'opiacés, par toutes les veines accessibles. Avait-elle déjà entamé sa consommation avant de faire le voyage ? Par le biais de colporteurs habiles à repérer, dans le Nouveau Monde, des mères de famille à qui ni le sexe, ni l'or ou les diamants ne faisaient plus aucun effet, jeunes proies à la recherche d'autres sensations ? À moins qu'elle n'ait choisi cet artifice qu'après son arrivée à Paris, pour s'aider à écrire et peut-être oublier ses enfants qui étaient si loin, ou au contraire parce qu'elle les oubliait, malgré tous ses efforts leur souvenir lui échappait et que dès lors, elle n'arrivait plus à écrire.

En haut de la page que lorgne Marguerite, le titre courant « Les lieux de la toxicomanie à Paris : effacements, persistances » alterne avec celui du dernier numéro de la revue médicale qui l'accueille, faisant régulièrement de la place à des contributions en sciences humaines. Dans ces pages, leur collègue géographe postule que la fréquentation de lieux à la fois secrets et protecteurs est aussi importante pour les usagers que la ressource en stupéfiants. L'auteur va plus loin, avançant que ces espaces clos, connus des seuls initiés, font partie intégrante du toxique. Son article couvre une période très longue, du début du XXe siècle jusqu'à aujourd'hui : les pratiques récentes, la diffusion de certains opioïdes de synthèse sont évoquées au travers de descriptions cliniques des lésions, du matériel des usagers, des seringues, stériles ou non, qui alternent avec des récits de « trips », venant directement de l'intérieur de la pratique – le géographe inclut dans son étude deux rives de l'expérience, la maraude d'un centre d'accompagnement qu'il a suivie pendant plusieurs nuits autant que les témoignages de consommateurs de plusieurs époques qu'il a lus ou recueillis dans des entretiens. Son propre statut est trouble, sa familiarité avec les deux mondes fait de lui un personnage dont on aimerait se débarrasser, d'une duplicité encombrante, un mauvais génie. Il conclut à une sorte de résurrection permanente, plus ou moins consciente, des sites de consommation : l'envers de certains ponts de la Seine ou portes de Paris, et certains bâtiments, des hôtels surtout, traversent les époques avec une opiniâtreté lancinante, leurs murs couverts de papiers peints à moitié décollés, noircis par les moisissures, la fumée des cigarettes, la graisse des anciens réchauds, des feux de cheminée, et « les effets accumulés d'une quantité phénoménale de visions ».

Marguerite regarde Sam en train de lire, il est si concentré qu'elle a l'impression de disparaître, et considère l'urgence de s'habiller. Si elle continue, elle va rater l'heure de la dernière levée aux archives, et elle s'en voudra de devoir tout reprogrammer. « As-tu retrouvé ta poétesse ? » lance-t-elle depuis le couloir, en examinant dans la penderie une série de robes qu'elle sait d'avance vouloir résoudre avec un jean. La réponse de Sam, absorbé par sa lecture, n'arrive pas tout de suite, ce qui permet à Marguerite de continuer d'espérer, de croire que Lilian pourchasse l'extase aujourd'hui encore aux portes de Paris, éparpillant les morceaux de sa création entre deux salles de shoot. « Elle se piqua le doigt » – elle repense à cette phrase, une boucle, hallucinogène, venue de l'enfance, qui fait naître des petites filles aux lèvres rouges, ou des princesses montant d'un pas zombi la spirale d'un escalier en pierre. Est-ce que la transe irradie le corps de sa créature depuis un point précis, une pointe incandescente au plus profond d'elle, ou bien est-ce qu'elle court sur la surface de sa peau et l'enveloppe à la manière d'une électrocution, comment se produit le rapt de la victime ? se demande-t-elle.

« J'ai retrouvé l'hôtel », dit enfin Sam à Marguerite qui fait un pas de plus vers son placard et le bruissement des robes suspendues en essayant d'assourdir ces révélations dont elle craint déjà les conséquences. Sam poursuit : « Il est fermé dans les années 1980, tu sais, celui de la photo » – une photo de l'entre-deux-guerres, à l'époque de Lilian, que Marguerite n'a pas envie de revoir, elle l'a très bien en tête depuis que Sam la lui a montrée en indiquant qu'« il y avait une ferme derrière l'hôtel et que les farmers tenaient aussi l'hôtel ». Celui-ci se trouve alors presque hors de la ville, à la porte d'Italie, posé à la limite entre le monde bâti et non bâti, bancal comme sur un bord de falaise. C'était blanc par endroits, ce blanc des surfaces trop claires sur les photographies en noir et blanc, des puits de lumière qui trouent le papier, brûlent la rétine. Et rond, vu d'un œil bovin qui gonfle les visages, les contours ne sont pas au point, ils fuient. Dans cet hôtel qui est aussi une ferme, « ou l'inverse, si tu veux », continue la voix de Sam depuis la chambre, il y a une basse-cour où il n'y a plus rien, sauf un cheval. Et des enfants qui vivent là : un frère et une sœur. « Ils habitent toujours porte d'Italie » – on dirait, à ces mots, qu'ils ont toujours le même âge, deux vieux enfants rencontrés par Sam et vivant seuls sans parents, dans un immeuble résidentiel à digicode et visiophone qu'il a fini par retrouver. Marguerite les voit très bien eux aussi, sur la photo, à côté du cheval. Ils la dévisagent depuis le milieu de la saleté, à l'arrière de l'hôtel qui est une basse-cour avec un seul cheval, d'entre les pavés qui ressemblent aux sommets d'une mâchoire humide. « Et j'ai retrouvé leur piste à tous les deux. Ils m'ont vendu toutes leurs feuilles de trésor. »

Pendant un demi-siècle, Lilian n'a pas été la seule à venir chez eux. Après sa mort, des dizaines d'hommes et de femmes lui succèdent dans les chambres de la ferme-hôtel, se piquent ou font sur eux-mêmes des gestes qui les absentent de différentes manières. Le frère et la sœur devenus grands, des adultes qui ont succédé à leurs parents à la tête de cette affaire, savent très bien accueillir ces clients qui occupent leur chambre sans y être, prévoir la durée de leur occupation-absence. À la réception, ils tiennent le planning de leurs voyages immobiles et dans la cour, le cheval reste longtemps. Son pas heurté, son hochement de tête, son contour instable forment certains jours tout l'horizon des résidents qui ne peuvent aller plus loin que le bord de leur fenêtre.

Le frère et la sœur dirigent le lieu avec tact et indifférence. En fournissant le gîte mais jamais la substance, ils savent poser sur leurs hôtes des yeux aveugles et ne livrer à la police que des paroles vides. Beaucoup de gens pensent qu'ils sont mari et femme, ce qu'ils ne cherchent même pas à démentir. Quand les occupants disparaissent, après les départs précipités ou les décès, les maîtres des lieux font les chambres. Ils ont pris l'habitude de fouiller les affaires personnelles pour essayer d'en tirer le maximum de profit. L'hôtel a besoin, pour se perpétuer, de recueillir ces soldes d'existence : des bijoux, des montres, des billets de banque qui compensent la négligence fondamentale de sa clientèle, et dans leur activité de pillage ils s'attachent aussi curieusement à ramasser des livres et des cahiers, des lettres, des dessins – tout cela n'ayant aucune valeur, jusqu'à ce que Sam apparaisse dans la caméra de leur entrée d'immeuble, et montre son intérêt pour ce magot. Contre une somme bien négociée, qu'il a pu prélever sur ses crédits de recherche, Sam a acheté de tout aux deux vieillards : de la poésie, des lettres, une thèse de médecine, un roman érotique. « C'est quand même fol », dit-il, « tous les milliers de mots qu'on retrouve derrière les gens, aussi les plus camés. » Les poèmes de Liliane occupent une toute petite partie de la liasse, un cahier, et sur les pages pleines de salpêtre, de nombreux dessins du cheval et des portraits au crayon des patrons de l'hôtel, le garçon, la fille, quand ils étaient encore enfants. « Est-ce qu'ils avaient l'âge de ses petits à elle ? » a demandé Marguerite quand Sam les lui a montrés pour la première fois. « Oui, comme les siens, c'est vrai, le même âge », a répondu Sam.

Devant sa penderie ouverte, Marguerite se réveille enfin et s'impatiente, en sentant fourmiller les mille tâches qui l'attendent. La nouvelle signe la fin du voyage, l'imminence du départ de Sam et elle en veut à Lilian d'avoir révélé ses cahiers, ses dessins, trop tôt livré à Sam son corps spirituel. Elle ressent l'envie d'être loin, de planter là cet homme éphémère et sans promesses cependant qu'elle persiste à trouver du charme à sa bouche et à son cul, et étonnante la façon qu'il a de ne jamais commencer sa journée, de se mettre à lire ses revues et écrire ses articles à moitié dévêtu, de braconner le temps en ayant l'air de rien. Elle préfère ne pas y penser, et encore une fois essaye de rassembler ses forces, d'oublier la douleur tiède dans son ventre et de s'intéresser à l'éventail de sa penderie.

Elle sait qu'elle pourrait mettre n'importe quoi un jour comme ça, elle est tellement à vif, elle continuerait d'être nue. Elle voudrait s'adapter à la météo. Le printemps est là, ce vendredi 3 mai, en bouton, il ne faut pas grand-chose pour qu'il éclate. Avec un collant fin, du 20 deniers qui serait transparent et ferait juste quelques traits de fusain à l'arrière de ses genoux, sur ses chevilles, elle peut envisager toutes les longueurs de jupes, et tous les imprimés : il y a dehors un soleil à se parer de fleurs, non ? Elle glisse ses orteils comme pour goûter l'eau dans une paire d'escarpins qu'elle n'a pas mis depuis plus d'un an, c'est l'occasion de se hisser, de sertir ses pas, de leur donner un timbre vif. Elle sent d'avance sa démarche tendue à claquer, frissonnante, obsédée par le frais du vent sur ses jambes, ressort son pied de l'escarpin et s'accroupit devant les alternatives, en bas du placard. La paire de rangers ou de baskets serait bien mieux avec une robe, « bien sûr », ricane-t-elle intérieurement au souvenir de ses expérimentations d'adolescente, chaque pas dirait merde à la robe avec un amorti caoutchouteux, la légèreté d'une astronaute. Elle s'exaspère devant tant de possibilités inconciliables, les versions d'elle qui seraient trop sophistiquées, celles qui seraient trop chics ou trop vulgaires, « la femme n'est ni vaginale, ni clitoridienne », entend-elle par-dessus son épaule, comme souvent en cas de désarroi vestimentaire, elle tend l'oreille car c'est marmonné tout bas, lèvres fines serrées sur la dernière épingle d'un incomparable chignon, « pas plus que bourgeoise ou prolétaire », ajoute près de son oreille Simone de Beauvoir, s'irritant comme d'habitude de la voir aussi lente tandis qu'ayant fini d'ajuster ses cheveux, elle a déjà remplacé l'épingle entre ses lèvres par une cigarette qu'elle allume, et souffle près de sa joue : « Toutes les catégories sont également impuissantes à enfermer une femme concrète. » Marguerite soupire, approuve et se retient de s'excuser, ce qui a le don, à chaque fois qu'elle la croise, d'énerver encore plus la philosophe. Elle la regarde s'en aller en passant derrière Sam dont elle parcourt d'un coup d'œil les papiers épars en cendrant dans sa tasse, il tourne la tête mais ne la voit pas et Marguerite se range une fois de plus à l'évidence du jean, du tee-shirt, du pull et des boots. La simple séquence de ces syllabes lui fait déjà du bien, comme si la première phrase de sa communication venait de s'écrire toute seule en anglais.

Encore presque nue mais parée de ces syllabes lumineuses, Marguerite recommence à s'absenter en pensée, et se fraye quelques chemins de traverse. « Tu vas aux archives aujourd'hui ? Tu as trouvé les dossiers de tes filles ? » demande Sam. Elle répond oui. Elle est dans un couloir de l'hôpital Bichat. Ce couloir, ce bâtiment n'existent plus aujourd'hui – sauf les paperasses, les peaux mortes laissées par l'administration et qu'elle consultera tout à l'heure aux archives du Kremlin-Bicêtre ; le reste, les pavillons d'époque, les instruments, les berceaux, ont été absorbés dans la nouvelle tour construite en 1976. Depuis le couloir, elle entend une voix qu'elle décrirait comme liquide parce qu'aucun mot, aucune syllabe ne l'a jamais encore traversée, celle d'un bébé qui vient de naître, son déchirant enfoui dans son oreille interne, proche de l'acouphène. Et elle voit passer des silhouettes roses, la couleur obligée des sages-femmes de l'époque, qu'elles nouent à leur taille, du rose pâle ou toujours plus pâle de milliers de lavages, du coton rose ou le rose synthétique qu'on fait alors, le Tergal, du rose uni ou rayé, toutes les nuances de rose du bouquet que la société des maris, des pères, des médecins, exige d'elles. Elle entend, à leur tour, les voix de ces femmes et celles-ci s'interpellent et commentent, encouragent et calment d'autres voix qui appellent et qui crient, des voix qui elles sont façonnées à l'extrême, Marguerite pourrait dater les yeux fermés leurs façons de parler, des voix assorties aux blouses roses ou à des pulls jacquard et qui seraient capables de prononcer la phrase « tu me fais chier » avec une distinction exquise, comme un nom de grand parfumeur, des voix de cabines téléphoniques et de bars-tabacs enfumés, les voix de la première génération télévisuelle.

Elle va pouvoir rassembler tout le matériau qu'elle cherchait pour sa communication à Marseille dans quinze jours : « En soignantes et témoins : les sages-femmes au tournant de la loi Veil. » Cette recherche est une étape de plus dans une architecture qu'elle conçoit patiemment depuis deux ans pour un livre sur les différents acteurs sociaux qui ont accompagné la loi, les tensions qui ont pu exister entre les plus militants et d'autres corps de métier comme les sages-femmes gagnant une force politique jusqu'alors réprimée, c'est un autre effet lent de la réforme qu'elle veut montrer. Elle compte aussi sur ce livre pour changer de statut à l'université, passer de celui de maîtresse de conférences à professeure, un but à la mesure de ses quarante ans et de la reconnaissance qui s'exprime en général pour son travail. Les aléas d'accès à certaines archives en font partie, surtout pour cette période qui implique des personnes encore vivantes, des masses contre lesquelles elle peut toujours se cogner avant de réfléchir à d'autres chemins. Mais hier, Marguerite a reçu de la direction des archives de l'hôpital public le sésame pour une cinquantaine de dossiers de carrière de sages-femmes, qui n'étaient accessibles que sur dérogation. Toute restriction a été levée, ce qui signifie sans doute qu'il ne reste rien de plus intéressant à lire dans les chemises en carton gris que leurs adresses successives depuis leur internat de stagiaires jusqu'aux appartements conjugaux, leurs arrêtés de nomination, leurs arrêts maladie, congés de maternité, des papiers carbones en apparence plus légers que des voiles de saintes. Ce n'est pas tout, pourtant. Les noms et les prénoms, les âges, les adresses, sont aux yeux de Marguerite des puissances bien supérieures à la bureaucratie – des indices de planètes, séparées par des vides après des explosions dont dépend la vie même, ou une certaine forme de la vie qu'elle considère être celle de sa génération. En choisissant la période 1965-1985, elle a fait acte discrètement de s'inclure dans son enquête, de représenter sa propre existence puisque ces dates enserrent celle de sa naissance en 1983 et donc des femmes, des sages-femmes, des bébés qui auraient pu être elle ainsi que sa propre mère et la sage-femme qui l'a mise au monde. Quand elle prendra la parole pour sa communication, elle n'aura aucune peine à justifier ce choix, dix ans avant, dix ans après le tournant de la loi Veil, cette symétrie offrira à son auditoire une preuve esthétique de rigueur. Mais elle a conscience avec un peu d'orgueil, un peu de gêne et un peu de crainte aussi, et d'excitation, que d'autres raisons la motivent, car elle agit en goûtant le plaisir de l'autoportrait.

Elle fera remarquer que la cohorte qu'elle est en mesure d'exposer ne correspond pas à l'effectif total de ces vingt années, des dossiers ont pu être égarés, ça arrive tout le temps. Elle est un peu en dessous des effectifs professionnels recensés par d'autres sources, tels plusieurs rapports qu'elle a pu consulter de la Cour des comptes, du ministère de la Santé et de la direction de l'hôpital elle-même. Mais cet ensemble représente une coupe sagittale assez nette de la maternité hospitalière en mutation à ce moment-là, avant et après le schisme de 1975. Pendant ces quelques années, les bébés ont cessé de naître à tort et à travers, de se matérialiser au sein de leur mère avec une régularité de chatons. À l'hôpital Bichat comme à Saint-Vincent-de-Paul, aux Diaconesses, à l'Hôtel-Dieu, à Beaujon, Lariboisière, Boucicaut et Baudeloque, ou en banlieue à l'hôpital Avicenne et aux Vironnes également regroupés dans l'AP-HP, les sages-femmes ont été auprès de mères et de bébés qui se retrouvaient ensemble la plupart du temps par hasard. Elles ont été, devant les naissances qui n'étaient pas même indésirables, des naissances qui étaient implacables, les négociatrices à mains nues de la fatalité. Puis peu à peu, elles ont été auprès de mères et de bébés « qui se font exprès », comme ont dit les tracts. Elles ont commencé à accoucher la première génération d'enfants légalement nés par choix. À supposer, ajoutera Marguerite dans sa communication, que le désir d'enfant soit autonome, « Nous voulons désirer nos enfants mais comment ? », écrit un groupe de militantes dans les pages des *Temps modernes* dès 1975.

Ces femmes qu'elle ne connaît pas mais qui pourraient être sa mère, à leur tour ont permis qu'un jour elle naisse et qu'elle baise. Sans la pilule et l'avortement, elle a l'impression qu'elle n'aurait pas existé telle qu'elle est, elle ira même jusqu'à dire à ses collègues, en s'effaçant du constat, que d'un point de vue générationnel, les gamètes de trois mille siècles d'*Homo sapiens* qui ont précédé jouent un rôle déterminant dans l'apparition des embryons que les progrès de la chimie hormonale, avec la pilule, ou les méthodes récentes de la procréation assistée, et la possibilité du recours légal à l'avortement.

Avant de sortir, vêtue enfin de sobre façon, Marguerite se regarde dans la glace. Elle a la tête qu'elle a – elle fait partie de ces filles qui ont la chance de situer leur beauté par rapport à elles-mêmes plutôt qu'à des flots d'inconnues, avec des jours où elle se voit si claire que son image pourrait tendre la main à travers le miroir, lui caresser la joue, et d'autres où elle cherche à s'atteindre, formes et couleurs dans un brouillard qui manquerait juste d'une mise au point.

Elle se voit plutôt nette ce matin. C'est aussi ce que lui dit le sourire de Karim quand elle le croise sur le palier, en route pour son restaurant, et elle fait un bout de chemin avec lui. Elle évoque le programme de son colloque, il lui décrit quelques nouveautés qu'il a mises sur la carte de La Graine de Nazareth, c'est leur talent à tous les deux de parler toujours d'autre chose que de ce qu'ils se racontent, quels que soient les mots qu'elle échange avec lui elle sait qu'ils ne feront que diversion, qu'elle lui parle de science pour lui parler de sexe, de sexe pour lui parler d'amour, et depuis de longs mois, à chaque fois qu'ils se retrouvent au lit tous les deux, les dimanches soir où ils s'arrangent entre célibataires pour ne pas être seuls, qu'il lui parle de ses seins, par exemple de ses seins, pour ne pas lui parler de la guerre.

Ils se quittent sans s'embrasser place Gambetta, il a bien vu ces derniers jours qu'elle avait de la visite.

Il la serre dans ses bras pour lui dire au revoir et juste avant de descendre dans le métro, en se retournant pour le voir s'éloigner, Marguerite a l'impression que la place s'effondre derrière lui. Il y a un fracas, mais ce fracas ne fait aucun bruit car elle est aussitôt rendue sourde par ce qui se passe, tympans percés jusqu'au cerveau et dans ce silence hurlant, la place continue de s'éventrer en faisant apparaître les os déchiquetés des immeubles et les membres des habitants mutilés sous les gravats, le souterrain à ciel ouvert où elle ne sait même pas combien d'êtres chers son ami a perdus. Elle le guette anxieusement alors qu'il agite la main dans sa direction, la place se solidifie à nouveau autour de sa fontaine aux ailes de verre, il a vu qu'elle s'est retournée puisque lui aussi, il s'est retourné, les voitures et les bus glissent sur le béton refait à neuf et la vie tourne. À peine quelques éclats de guerre sur les écrans à cristaux liquides des téléphones à l'intérieur de ces mêmes bus, ils se font signe de loin qu'ils vont s'appeler bientôt et Karim se fond dans la foule, pressant le pas pour aller servir des mets raffinés dans son restaurant-enclave, son restaurant zone franche et couloir humanitaire, poser les grains de grenades, touche ultime de couleur et de jus sur les assiettes qu'il compose. Ils disparaissent l'un à l'autre avec le sentiment d'avoir tracé dans l'épaisseur de la ville une ruelle dont eux seuls connaissent l'emplacement et où ils pourront se retrouver, où est dissimulé un porche d'immeuble, une cour, un jardin qu'ils seraient également seuls à connaître, accessible dans ce seul printemps.

Jeanne réapparaît dans la vapeur des coquillettes. Elle attrape la casserole et vide l'eau à gros bouillons dans une passoire en fer avant de remettre les pâtes essorées dans leur contenant initial, sous un couvercle. Début juin, un mois après son accident et son hospitalisation, elle est là de nouveau ce soir, ponctuelle à dix-neuf heures comme si rien ne s'était passé ce qui est pire encore que si elle se plaignait, elle ne dit pas un mot des effets de son nouveau traitement sur lequel Jill n'ose pas l'interroger, brouillard chimique invisible et infranchissable, elle ne dit rien de ses douleurs, qui lui font un appareillage lourd et cliquetant d'étincelles, de rouille, une couronne d'éclairs. Il est possible que l'intervention ait été aussi simple qu'elle le prétend, il n'y a pas eu de chirurgie et le lendemain de l'accident elle était sortie, elle n'a même pas voulu que Jill lui rende visite et s'est fait l'écho de médecins rassurants. Pourtant l'accident l'a fait dévier d'une santé jusque-là très sereine, il marque un trébuchement dans la vieillesse que sa fille observe sans pouvoir nommer vraiment de symptôme avec une certaine impuissance compte tenu du déni de Jeanne et de son propre espoir qu'il n'y ait rien, comme a affirmé sa mère une semaine après son séjour à l'hôpital, « rien de rien », a-t-elle déclaré. Elle ordonne et dirige plus que jamais et Jill, pressée de reprendre le rythme normal de son travail, de retrouver sa place auprès des autres Vironnes dans le relais des gardes, n'insiste pas et remercie, et remercie encore, et se tait, observant de biais le visage maternel dur et aride, la pâleur qui l'a envahie, ombres blanches qu'elle n'avait pas connues auparavant taillées dans le bois mat de son front, de ses joues. Des petites taches de lumière bleue caressent ses joues au gré des boucles d'oreilles qu'elle a choisi de mettre. Ce matin de retour à la normale, ses préférées : deux branches d'or ornées de quartz que Jill a toujours aimées elle aussi, qu'elle associe à son allure vive et limpide, et elle voudrait soudain pouvoir toucher ce bleu, ce rayon fuyant, quelque chose de la vitesse unique de sa mère qu'elle sent disparaître dans un désarroi absolu, enfant soudain devant ses propres enfants.

Daniel et César ne s'y trompent pas, qui guettent tout ce qui se passe l'air de rien, et participent à l'élaboration du dîner avec un degré d'application considérable compte tenu du menu du jour : pâtes au fromage et au ketchup. Tout en pressant au-dessus de son assiette le tube rouge dont les pets plastifiés le ravissent, Daniel interroge sa grand-mère : « Il est où ton dzent, Mamie ? Tu peux me montrer où il t'a mis ton dzent, le docteur ? » Le rouge se répand sur la périphérie de l'assiette en quantité plus que satisfaisante, Daniel ne mélange jamais d'emblée les pâtes et le ketchup mais se réserve de pouvoir tremper chaque fourchette dans la sauce, il s'y attaque déjà. « Ça t'a fait mal quand le docteur t'a mis le dzent à l'intérieur de ton armère pour la déboucher ? Ton armère est guérie, Mamie ? » Jeanne lance à Jill un regard outragé, qui proteste contre la divulgation du secret médical, mais se laisse gagner par la demande du petit garçon : « Oh tu sais ! Ça ne me fait pas mal du tout. C'est juste un petit tube en fer qu'ils m'ont mis pour que mon artère ne se bouche plus. Je vais beaucoup mieux, mon chéri… Dis, tu ne pourrais pas mettre tes pantoufles ? » Il manque quelque chose sur la table de décisif. César se lève et va chercher dans le frigo le bloc de comté qu'il pose sur une assiette et, armé d'une râpe qui semble trop grande pour ses mains mais qu'il maîtrise aussi bien que possible, se met à le faire pleuvoir copieusement, en débordant d'autant sur la table. « Maman, Dieu il mange quoi ? » demande-t-il soudain, avec une urgence qui semble ignorer celle de Jill s'agitant en tous sens pour trouver ses affaires et quitter la soirée, c'est-à-dire la mine furieuse que sa mère lui réserve. À ce stade il lui manque encore tout, et elle ne voit pas comment elle va réussir à être à l'heure dans ces conditions. Elle part à la recherche de ses clefs, de sa carte de transport, de son rouge à lèvres. « Hein maman, tu sais ? » Elle sait surtout que les questions de César peuvent devenir une course d'obstacles si elle les néglige trop ou répond à la légère, il vaut mieux marquer une pause et y penser une bonne fois si elle veut se libérer. « Je crois qu'il aime les bonnes choses. Les pâtes au ketchup la plupart du temps, mais aussi le boudin blanc et les mandarines. » César reste songeur et Jill retient son souffle, s'il n'est pas satisfait, d'autres questions de plus en plus ardues risquent de suivre. Mais il sourit, et s'exclame : « Il sera content alors, quand on l'invitera. »

Pendant ce temps, Daniel est allé regarder par la fenêtre et, mouillant le « l » qui fait baromètre il déclare « il pieut » à l'intention de sa mère qui se met à chercher son parapluie en plus du reste, en maudissant cette panne de beau temps, ce crachotement de ciel qu'il faut subir depuis trois jours. La vapeur des coquillettes, dedans, la pluie fine d'un jour de juin désinvolte et joueur, tout s'embrume. Tandis que Daniel se dépêche aux quatre coins de l'appartement à la recherche des affaires de Jill tel un fidèle écuyer, César s'est accroupi dans un cercle de Lego qui s'organisent en agglomérats de tailles et de couleurs variables et qu'il nomme « avions », des avions-fleurs, des avions-méduses, des avions-paumes de mains et étoiles qui constellent le sol et rendent périlleuse la traversée du salon. Il est concentré et Jill aimerait demander à Jeanne des précisions sur son état de santé, ce qu'elle prend en plus de ses anticoagulants, que disent ses derniers examens, mais les questions lui restent dans la gorge, quant à attendre que sa mère parle sans être sollicitée c'est évidemment vain. Jill se drape dans un imperméable léger puis soulève du sol Daniel qui appuie sa tête contre elle tandis qu'elle prend une grande inspiration dans ses cheveux frais comme un jardin, tendre et sucré sous la pluie. Jeanne débarrasse les assiettes et dit « allez, tu vas être en retard, pas la peine que je me dépêche si c'est comme ça à chaque fois ». Puis Jill se penche vers César assis dans son aérodrome multicolore et César lève son visage vers sa mère et l'embrasse, à son tour, et Jill s'en va, elle s'enfuit en fait, de ce paradis aux pieds nus.

Dehors, c'est vrai, il pieut, il pieut des cordes, des lianes, des brassées de tuyaux de sonde jetées par les bourrasques de tempête. La pluie recouvre les élans de l'été qu'on avait désirés, qu'on devine dans l'air doux mais qui se cache derrière les immeubles, les poubelles, les silhouettes fâchées d'être enroulées dans des longueurs de capes, des imperméables dont on ne voulait plus. Pourtant Jill, passé l'au revoir toujours trop poignant, toujours hissé en départ odysséen par ses enfants qui saluent encore une dernière fois par la fenêtre, leurs deux têtes penchées vers leur mère qui les salue en retour, comme partant pour un autre royaume – mais peut-être est-ce vrai qu'elle s'en va loin, les Vironnes, la salle de naissance, ne sont-elles pas les lieux d'un autre rivage ? C'est ce qui peu à peu l'enchante, à mesure qu'elle marche vers le métro elle sent la joie qui souffle dans ses poumons, de retourner vers les gestes, les sons, les odeurs de son service à la maternité. La joie la suit jusque dans le métro et l'enveloppe tandis qu'elle enfile sa blouse, et partage un café avec Louise en salle de garde. Elle est contente d'être de retour après ce mois en suspens, elle a manqué aux autres filles mais pas autant qu'elles lui ont manqué elles, car aucune ne s'absente des Vironnes sans que les Vironnes continuent, un rythme qui n'a de cesse depuis une éternité, que peut faire à ce lieu un petit mois où l'une seulement se retire, alors que le corps des Vironnes renaît au gré des arrivées et des départs de filles nouvelles et de filles anciennes depuis plus de quatre siècles ? Jill a beau avoir travaillé dans un grand nombre de maternités, entre sa formation, les gardes de remplacement et ses différents postes, en quinze ans de carrière elle n'a jamais éprouvé d'attachement aussi fort qu'à cet enclos serein semé de pavillons, ces murs dont le blanc réverbère la lumière de tant d'étés, et où la cloche de la chapelle sonne encore. Le nouveau bâtiment des urgences, les préfabriqués de la consultation de médecine interne qui se sont pérennisés, comme la plupart des préfabriqués, plastiques dressés tels des ossements fossiles, n'entament pas sa croyance dans l'éternité des Vironnes, le rayonnement qu'elle perçoit chaque fois qu'elle y entre. La mémoire des suppliciées de 1792 est rappelée à l'entrée par la sculpture d'un sein coupé en marbre posé sur une stèle, et Jill ne traverse jamais le jardin sans penser à elles, les religieuses et les filles seules, sans argent, sans vertu, toutes les malheureuses qui accouchaient là, et qui furent éventrées et enterrées ensemble, sous la même pelouse. Elle a l'impression que leur corps, depuis longtemps traversé par l'humus, les cailloux, les siècles, s'est ouvert en milliers de graines de Vironnes minuscules, à coiffes blanches, qui courent nuit et jour dans ces herbes, se nourrissant d'insectes et de fleurs, s'attroupant pour pleurer quand l'une d'entre elles vient à mourir.

Louise et elles sont descendues pour fumer une cigarette avant de commencer leur service. Elles restent sous le porche, à regarder le jardin battu par la pluie. C'est toujours un endroit merveilleux pour la première cigarette de la garde, à contempler les catalpas et les figuiers qui racontent un lieu qui serait loin, beaucoup plus loin de la ville habituelle où elles vivent. Au bord de la pelouse se tient aussi un immense flamboyant, il a fleuri de toutes ses forces pendant qu'elle était absente, on dirait qu'il a pensé à Jeanne, à sa Guadeloupe quittée il y a de cela cinquante-cinq ans et aux milliers de flamboyants auxquels elle dit rêver chaque nuit depuis la métropole. Jill et Louise fument, Louise a l'air soucieuse. Le soleil n'est pas encore couché mais avant d'aller chacune son chemin, Louise montre à Jill, sur son téléphone, le tableau de répartition des patientes qu'elle a photographié sur l'ardoise du service. Elle ne fait pas de commentaire et Jill n'ose pas tout de suite réagir en voyant les quatre lettres au feutre noir qui accompagnent le nom de sa troisième patiente et qui la font frémir. Comme chaque nuit et comme si cette nuit n'avait été espacée d'aucun temps en dehors des Vironnes, Jill se voit confier trois dames – c'est ainsi qu'elles nomment les futures mères, les patientes, les femmes et cette nuit a priori ce sera trois, même si certaines fois les naissances se bousculent et le service déborde, il y a des nuits à quatre, cinq naissances par sage-femme, et dans ce cas il faut espérer que les gardes de médecins et les gardes d'infirmières suivent le rythme, que toute l'équipe sur laquelle on compte soit là pour que les petits puissent arriver sans dommage. « Ça va, elle t'a pas trop mordue ce soir ? » demande Louise qui connaît Jill depuis le premier jour, et donc sa relation inquiète avec Jeanne : « Tu es soulagée quand même, avoue ! » Jill reste silencieuse. Elle se sent trop coupable de confier ses enfants à sa mère à peine remise, et elle n'a pas envie d'évoquer ce qui pourrait mettre en cause toute son implication dans le service. Et au-delà… elle ne veut pas mettre des mots sur la fragilité de sa mère. La maladie de Jeanne emplit le crépuscule des Vironnes, drap noir devant ses yeux. « Et toi comment tu vas ? » répond Jill et, histoire de faire diversion : « Tu baises ? » Louise ressort son portable. « Tiens, regarde. » Quelques images apparaissent d'un homme qui se surnomme Graffeur, sur un site de rencontres que Louise affectionne. Leurs échanges brillent par leur efficacité : bonjour, disponibilité puis heure et lieu, dès que Louise n'a pas de garde. « Sobre et efficace », commente Jill en riant, sans parvenir à empêcher l'angoisse de monter devant l'implacable rendez-vous qui l'attend pour cette nuit. Ensemble elles éteignent leurs mégots, se hâtent vers les étages.

Elles se quittent dans les couloirs du service où chacune s'embarque vers celles qui les attendent. Jill vérifie les poches de sa blouse, ses doigts rencontrent le métal d'une petite voiture dont elle ne sait pas une fois de plus comment elle est arrivée là, elle hésite à la mettre dans son casier mais la garde, qui sait ? Les bébés ont beau emplir les ventres de leurs battements de cœur et membres compressés, de leurs faces écrasées de dieux olmèques aveugles, aux cils mouillés, elle n'est pas toujours sûre de ce qu'il faut pour les faire advenir. Ils gonflent à craquer les corps maternels mais peuvent aussi disparaître au passage du col. Et elle, en ses mains gantées, ne recueillir plus qu'une ombre. Jill fait rouler sous ses doigts une roue de caoutchouc et caresse l'aile froide et vernie. Comment a-t-elle pu arriver là ? Ses enfants ont pu la glisser dans le vêtement en train de sécher, ça doit être ça, des échanges se font sans y penser, de même qu'un jour elle a retrouvé un spéculum en plastique transparent garé au milieu de leurs petites voitures. Elle rapportera celle-là tout à l'heure, elle est jolie, une petite décapotable bleue qui pourrait rouler sur la Lune, enfin demain matin c'est-à-dire loin, de l'autre côté des trois naissances de son planning et entre-temps, sa présence bienfaisante peut toujours lui servir. Ce qui se passe au cours de la descente hors de la cavité utérine nécessite un mode d'emploi imaginaire qui ne sera pas de trop en plus des machines d'examen, des instruments et des molécules chimiques qu'elle aura à disposition, et il est certain qu'il lui faudra quelque chose de plus pour pratiquer le troisième accouchement. Les deux premières naissances devraient être calmes, aussi simples que possible. Mais la troisième lui pose problème, bien plus qu'un accouchement dangereux. « Personne d'autre ne peut prendre la MFIU ? » a-t-elle quand même demandé dans l'ascenseur à Louise. Qui n'a pas répondu. Jill sait bien qu'elle ne peut ni se dérober ni se plaindre après s'être absentée un mois des gardes du service et du rythme épuisant, de la discipline tendue qui sépare d'un cheveu la vie et la mort, de toute la respiration de l'équipe et de ces quatre lettres pour « mort fœtale in utero », qui font partie de leur vie à toutes.

Dans le métro, Marguerite a trouvé une place assise qu'elle a transformée en planète, en se livrant à son goût extatique pour la lecture. Le trajet pour traverser Paris du nord au sud jusqu'au Kremlin-Bicêtre est certes long, mais ces quarante-cinq minutes de transports en commun justifient-elles d'avoir embarqué trois livres – deux ouvrages d'histoire et un roman – tout à la fois dans son sac ? Il arrive qu'elle en prenne encore plus et que, restant debout à cause de l'affluence, et happée par les lignes des visages qui la collent, elle n'en ouvre pas un seul. Et la presse, elle sort de son sac *Libération* qu'elle a acheté au kiosque de la place Gambetta tout à l'heure avec Karim, *Le Monde* de la veille qu'elle a lu déjà jusqu'à la lie en consultant la moitié des articles sur Internet et le reste le soir sur papier mais qu'elle a emporté néanmoins. Ces ressources ne l'empêchent pas de dérouler d'autres actualités sur son téléphone, au gré de son fil Twitter alias X. Les cadavres et les mots d'ordre s'accumulent dans un sillon sans fin qui abolit toutes les distances.

Depuis quelque temps, ce geste ressemble de plus en plus à une chute dans un fossé qui s'aggrave à mesure que le doigt glisse et dérape sur l'écran, en cherchant en vain où atterrir.

Cette lecture la réduit à un sentiment d'impuissance et à des ressassements que son métier, d'habitude, lui permet de contenir. Elle espère toujours des trajets qu'ils soient des sas permettant d'arrêter le flux des événements et qu'ils lui donnent le temps de combler son ignorance, d'apaiser son angoisse devant la croissance permanente des faits, particulièrement des faits de violence et des preuves qu'ils laissent ou qu'ils dissimulent à n'en plus finir – une déformation de son regard d'historienne qui ne lui laisse guère de répit, relance sans arrêt sa quête de séquelles et de traces, aussi ténues soient-elles, qu'il lui faudrait un jour savoir authentifier, recueillir, ordonner en un sens qui se trouve bafoué en permanence par le surcroît de nouveaux faits. Être sous terre durant quarante-cinq minutes devrait imposer au monde une suspension, un arrêt qui permettrait à Marguerite de se mettre à jour de tout ce qui s'est passé jusqu'ici. C'est pourquoi, pour son voyage sous terre, elle est accompagnée de deux ouvrages de collègues historiens : une thèse publiée sur le management nazi ainsi qu'un essai sur les monastères féminins au haut Moyen Âge qui devraient balayer une temporalité plutôt vaste, se dit-elle, embrasser une somme d'informations et un nombre conséquent de problèmes. En cas de manque, elle s'est aussi choisi ce roman, un polar canadien dont elle attend une quantité de mots induisant une portion roborative de réalité. Voilà la mission qu'elle a confiée à sa bibliothèque portative tandis qu'elle s'en remet aux deux journaux papier pour former une suture avec le présent, grâce à une enquête sur l'extractivisme pétrolier et à un entretien avec une cinéaste sélectionnée à Cannes. Malgré tous ses efforts de rattrapage, le passé continue d'être plein de surprises, les nouvelles publications de ses collègues débordant de faits et gestes, et de paroles venues d'époques dont elle ne connaissait rien avant de lire les titres et les résumés de ces ouvrages. Quant aux voyageurs autour d'elle, ils n'arrêtent pas pour autant de vivre et d'affecter la planète de milliards d'empreintes qui s'offrent à être relevées et comprises. Son métier transforme parfois sa vie en expérience becketienne d'abandon au milieu de tonnes de déchets, et elle-même en clocharde maudite ou sacrée, incapable de surmonter son propre éboulis.

Finalement et comme d'habitude, elle emprunte parmi les monticules informationnels une direction imprévue qui n'est ni celle des trois livres, ni d'aucun papier imprimé, en découvrant sur son téléphone le tweet d'une collègue sociologue et militante féministe. Elle ouvre le lien : une vidéo issue de BFM-TV fait apparaître l'actuelle ministre des Droits des femmes. Elle appuie sur l'écran tactile avec d'autant plus de hâte que cette héroïne hologrammatique la fascine, tout simplement, la moindre de ses interventions la met dans un état d'éblouissement inquiet, la colle au bitume tel un animal pris dans les phares. Elle a d'autant plus de mal à cerner cette femme qu'elles sont nées la même année, 1983 – mais comment peut-on être une quarantenaire de cette génération, fille de *boomer*, et disposer d'un arsenal de certitudes digne des Trente Glorieuses ? Une femme lustrée par les écrans numériques, certes, mais équipée d'une vision du monde à ce point cristalline, aussi dure et transparente qu'un diamant sur une bague de fiançailles. Laure Pasquet lui fait l'effet d'une copine de ses parents qui aurait la jeunesse éternelle, une instagrameuse arborant des tee-shirts floqués « Les Jeunes avec Pompidou », assaisonnant les enjeux politiques de son époque avec une vieillerie pouvant passer pour inoffensive : des soirées à l'Assemblée nationale pour le verdissement de l'économie grâce à l'actionnariat, ou des apéros féministes « pour les mères qui travaillent » consistant à se recommander des produits de beauté entre blogueuses et entrepreneuses.

Lors des cinq derniers mois, ses certitudes ont permis à la militante et élue d'accumuler des responsabilités de toutes sortes qui lui ressemblaient peu mais dont elle s'est acquittée avec succès. Elle a réussi à entrer au gouvernement en acceptant d'abord le ministère du Travail, à savoir du dialogue social qui n'était pas tout à fait sa langue maternelle puis à celui des Solidarités c'est-à-dire des vieux et des handicapés auprès desquels elle a eu une politique très active de selfies. Sa patience a payé et de là, elle a conquis un poste qui, à première vue, semblait lui plaire : elle s'est vu attribuer la défense des droits des femmes, redéfinie en ministère à part quoique « délégué » lors du dernier remaniement et grâce à ce dernier titre, elle a pu être créditée, le 4 mars 2024, de l'événement mondial qu'a représenté l'entrée dans la Constitution française de la liberté d'avorter.

Mais deux mois filent vite en politique et les profits de l'événement s'estompent alors qu'elle continue d'être scrutée par les associations féministes. Cela lui pose régulièrement des problèmes. La baisse des aides aux chômeurs et le renforcement des contrôles sur la fraude sociale, dont elle a eu la charge, ont pu difficilement passer pour une preuve d'empathie envers les femmes qui sont les premières à subir les inconvénients du travail à temps partiel et à devoir quitter l'emploi pour raisons familiales. Il y a aussi à assumer la fermeture d'une centaine de maternités et la théorie qu'elle a proposée sur les « gains d'efficacité grâce à la relocalisation des plateaux techniques et des compétences » lui a valu de la part d'une cheffe obstétricienne médiatique une « médaille de Bechdel à l'envers » : « Je propose à Madame la ministre d'imaginer la conversation d'une femme sur le point d'accoucher, une femme déjà dans les douleurs des contractions, qui mettrait plus de deux heures à atteindre la salle de naissance la plus proche, je la défie de prouver que cette dame se passionnera pour les finances publiques ou pour les progrès technologiques, et s'entretiendra avec son mari, ou avec sa mère ou sa meilleure amie qui l'accompagne, ou devisera avec la conductrice du bus sur la montée en gamme des équipements d'échographie permise par cette nouvelle concentration des services, ou se félicitera des marges budgétaires ainsi dégagées, alors que celle-ci, peut-être en train de perdre les eaux ou d'avoir son ouverture de col à cinq, a juste besoin de trouver un lit médicalisé et une sage-femme de garde. » Si la ministre a jamais rêvé d'occuper son poste en héritière de Simone Veil, un idéal compréhensible pour une femme de sa trempe, ambitieuse, infatigable et, comme disent les plus fins coloristes, « à droite de la Macronie », ce qu'elle doit vivre avec un frisson de gaullisme, une fierté désuettement giscardienne qui la rapproche de son héroïne, cet idéal enfin a été compromis par les baisses des subventions au Planning familial qu'elle a été obligée d'assumer au nom du collectif gouvernemental. Non moins encombrants que ces économies, certains mots du président de la République ont donné une curieuse inflexion à son mandat : la formule du « réarmement démographique » qu'il ambitionne pour la France, et qu'il a réitérée plusieurs fois depuis janvier 2024, a rebondi sur un « Plan national natalité » auquel elle est chargée de donner corps, mais comment ? Est-elle comptable du nombre de naissances à venir ? Et à quelle échéance ? À cause de ce programme, Laure Pasquet s'est retrouvée à écumer dans toute la France les services de traitement de l'infertilité, endossant un personnage de déesse mère qui cohabite de façon taquine avec son style d'entrepreneuse maigre et branchée, ses joues fines et son squelette saillant, presque argenté, qui s'apparente si peu il est vrai avec les représentations habituelles des cultes de la fécondité. Tant pis ! « Il faut des actes ! » a-t-elle déclaré la semaine précédente en proposant que le remboursement de la procréation médicalement assistée, déjà pris en charge à 100 % en France, soit proposé aux couples « dès le quatrième mois d'essais infructueux et qu'on en étende le droit de prescription aux sages-femmes, et… » – elle a hésité, une seconde, on l'a vue plonger un instant dans des ressources quasi hypnotiques, un script intime inconnu des conseillers qui avaient rédigé ses fiches – qu'on rembourse à 100 % « y compris les actes de retrait des stérilets ». La pauvre ! Les sages-femmes lui tombent dessus en la priant de laisser tranquilles les stérilets de leurs patientes, les consultations ne sont pas faites pour interpeller les femmes sur leur désir d'enfant ni pour fouiller leurs cols de l'utérus à tour de bras. Les journalistes lui demandent sans arrêt depuis quelques jours comment on calcule l'avènement de ce fameux quatrième mois de disette procréative ? La ministre cherche tous les moyens pour se sortir de ces subtilités et, avide d'une certaine stature, d'un chemin plus seyant à son sourire de baronne, elle vient de lancer autre chose, c'est cela que permet de découvrir la vidéo partagée par sa collègue : « La contraception n'est plus une conquête aujourd'hui, pour une grande partie des femmes françaises c'est une évidence. Il faut plutôt s'interroger sur l'opportunité de la faire connaître aux jeunes filles comme un chemin systématique. » Elle marque un temps d'arrêt, « mais pour une autre partie de la population, oui, c'est clair, je le dis avec l'héritage de Lucien Neuwirth, je le dis avec Simone Veil, il faut une évolution des mœurs, c'est tout à fait clair, n'ayons pas peur des mots, il faut aujourd'hui cibler les politiques de santé sexuelle en libérant la fertilité » – oui, libérons la fertilité ! s'exclame intérieurement Marguerite dans le métro qui freine en précipitant ses passagers les uns contre les autres – « pour celles qui en ont envie, celles qui souffrent de difficultés procréatives, et il faut aussi, je le dis de but en blanc, il faut conscientiser une autre partie de la population qui fait trop d'enfants, ce n'est pas un tabou, c'est une main tendue à celles que la culture, celles que la religion, la tradition, ou les autorités patriarcales, appelez ça comme vous voulez, ont laissées en retrait par rapport à certains de nos droits, en manque ou en demande par rapport à certains de nos acquis culturels. » Là, la journaliste de BFM laisse un silence qui semble planté de clous, on la sent à la fois effrayée et ravie, elle reprend le micro et demande : « Est-ce que ça, ce n'est pas intervenir trop avant dans la sphère intime, un peu trop se mêler des choix des femmes ? » Et la ministre, prenant l'air de celle qui ne craint pas le franc-parler, celle qui contre tous aura toujours le courage de ses opinions, se jetant pieds nus sur les pointes érigées avec un frisson de gloire : « Bien sûr que ça concerne l'État, au premier chef. On ne peut pas d'un côté sans cesse étendre l'accès à l'IVG au profit de femmes souvent les plus intégrées du point de vue culturel, et de l'autre multiplier les aides de la CAF pour les familles nombreuses. Il faut trouver un juste équilibre. » La copine de Marguerite a légendé la vidéo : « Que j'appelle ça comme je veux ? OK merci. Du racisme, par exemple ? »

Ils naissent les bras croisés sur la poitrine. Sur les écrans de monitoring, la courbe des battements de cœur court à côté de celle des contractions jusqu'au moment où Jill dépose les bébés dans les bras de leurs mères : le plus tôt arrivé cette nuit, à une heure du matin, c'est une deuxième grossesse donc c'est allé assez vite, puis le deuxième, qui est un premier-né, vers quatre heures du matin. Ils naissent violets et se taisent, pendant quelques secondes ouvertes comme des abîmes avant le premier cri. Elle a pris entre ses mains leur corps tavelé d'écumes rouges et blanches, attendu qu'ils s'apaisent et maintenant ils dorment près de leurs mères, jetés avec elles dans des fatigues océaniques.

Pendant ces deux naissances, Jill est allée régulièrement voir la patiente qui accouchait du bébé mort. Malgré le déclenchement, la dilatation a été très longue, de sorte qu'elle a dû attendre que les deux autres soient nés et accueillir ce troisième-là, qu'il a fallu guider dans le bassin centimètre après centimètre puisqu'il ne pouvait opposer aucun mouvement aux parois utérines, faisait peser son poids sans fin dans les détroits osseux. Elle a dit à la mère de se reposer, elle lui a donné de l'eau, l'anesthésiste est venu retirer le cathéter de la péridurale, et maintenant elle aussi elle dort, ou somnole, ou mime le sommeil pour éviter qu'on lui parle. Jill s'en est allée avec l'enfant enveloppé dans un carré d'alèse et en quittant la chambre elle s'est sentie comme une voleuse, une silhouette en deux dimensions absorbant son larcin dans les plis de son manteau.

Elle pose le bébé dans un berceau. Maintenant qu'il est lavé, elle a l'impression qu'il a froid. Elle l'habille. Ses parents lui ont confié tout à l'heure un body blanc brodé de son prénom ; un pyjama en fibre synthétique, très doux, imprimé d'oiseaux ; un cache-cœur tricoté, en laine bleue ; des chaussons, un bonnet, assortis. Un à un, elle les met au bébé, soulevant son dos et sa tête déjà raides, passant ses poings fermés à travers les manches, pinçant les boutons-pression le long des coutures, ajustant le bonnet. Des souvenirs de corps de poupées se rappellent à ses mains, de la charnière sans tonus entre la tête et les bras en caoutchouc et le torse en tissus, des corps sans réponse comme celui-ci. Elle finit de nouer son cache-cœur et regarde l'enfant dans le berceau.

Il semble dormir. Son visage est tourné vers la porte de la nursery, son menton est posé sur son épaule droite, ses yeux clos. Elle a fait attention à ce qu'il soit bien sur le dos dans la position qui est sûre, où les bébés ne s'étouffent pas. Elle a de la peine de voir qu'il ne rayonne pas, ceux qui sont vivants projettent autour d'eux quelque chose qui attire pour s'y réchauffer mais là, elle a juste envie de lui tourner le dos. Elle décide de tirer sa chaise vers le petit bureau qui est près de la fenêtre. Pour ce qu'elle a à faire, elle pourrait tout aussi bien écrire sur ses genoux, en restant près de lui. Mais elle n'en a pas la force.

Elle écrit. Les circonstances de la mort fœtale sont incompréhensibles, c'est cela qui est écrit sur le dossier dans un langage suffisamment savant pour que les parents comprennent que le nécessaire a été fait, et il lui revient de réaliser le compte rendu de l'expulsion afin qu'elle entre à son tour dans ce langage protocolaire.

Elle relit ce qui précède. La dame s'est présentée pour l'échographie du troisième trimestre et tout allait bien. Puis elle est revenue deux jours après aux urgences, elle ne sentait plus son bébé bouger, et il était mort. Et maintenant, Jill écrit ce qu'il reste à écrire de possible, d'objectivable : la durée du travail ; à quelle heure a été posée la péridurale, à quelle heure la dilatation a été complète. Elle écrit. Elle se dépêche aussi, parce qu'il n'est pas correct de faire attendre les parents qui veulent voir leur enfant pour la première et la dernière fois.

Voilà, elle a fini. Elle signe le rapport.

Elle n'arrive pas à se retourner en direction du berceau. Elle pense à Jeanne, qui lui a toujours dit de ne pas faire ce métier de mettre-au-monde. Quand

Jeanne lui dit que c'est une tâche indigne, une tâche de servante-à-chattes, elle ne lui parle pas tant de la hiérarchie hospitalière. Pas tant du salaire, ou des horaires de folle, ni même des médecins qui certains jours, dans l'ascenseur, s'approchent en souriant et vous ouvrent un bouton de votre blouse, pour contempler votre absence de réaction. Tout ça, Jeanne s'en fout, sa fille est bien assez grande pour faire ses propres choix. Mais elle n'aime pas la mort. Elle n'aime pas qu'il y ait de contact avec la mort. Elle l'a détestée dans son métier d'infirmière et son plan pour Jill était une spécialité médicale où la mort aurait été un scénario pour ainsi dire théorique, de la radiologie par exemple, ou de la dermatologie en ville, un domaine où on peut la voir arriver mais où on passe la main quand ça s'aggrave, elle se comporte comme si la fréquentation de la mort était contagieuse et que l'ignorer permettait en partie d'y échapper. Elle n'en veut ni pour elle, et s'en tient écartée comme d'une chienne infestée de puces, ni pour sa fille qui pourrait la passer à d'autres. Jeanne a honte de la mort qui saccage son travail de mère et tout ce que Jill a trouvé c'est ce métier où tu la rencontres, où tu lui parles, pas la plupart du temps mais il suffit d'un peu, et tu sens son odeur, tu te retrouves à habiller un corps de quarante-cinq centimètres, aux épaules duveteuses, avec des bodys achetés par des mères, des cache-cœurs tricotés par des mains de grands-mères qui resteront vides, pas tous les jours bien sûr mais une fois de temps en temps et c'est bien assez pour savoir qu'elle existe. En rentrant chez elle après une garde comme celle-là, parmi les gens qu'elle croise dans le métro, beaucoup ont des boulots ennuyeux, certes, mais ils n'ont pas affaire à ça et quelle gloire elle en tire, elle, de savoir, d'avoir senti ce froid et touché ce secret ?

Mais Jill aime la nuit. Elle aime habiter sous sa surface et les rencontres qui la composent. Elle regarde au-dehors une branche du catalpa éclairée par le lampadaire, mouillée par la pluie. Elle entend une conversation de Maud et Georgia dans le couloir, un rire.

Et maintenant, elle n'ose plus se retourner vers l'enfant. Elle a l'impression qu'il a profité de ces bouts de phrases envolés, de ce rire, abri sonore pour réussir son coup. Ou saisi la branche mouillée derrière la fenêtre, cette longue main de son monde déjà, dénuée de chair.

Jill se lève. Elle a besoin de s'appuyer un instant contre le bureau. Et elle voit. Le visage sous le bonnet de laine bleue est tourné vers elle. Vers la fenêtre, vers la nuit dans le jardin : menton sur l'épaule gauche. Ses yeux sont ouverts et en cet instant, dans ses pupilles écarquillées entrent Jill, debout devant le bureau, la fenêtre, et le catalpa ondoyant de lumière électrique. Les bébés ne voient pas, pense Jill, presque pas. Celui-là n'est pas différent de ses congénères mais comme eux il accueille les masses de lumière, perçoit leurs déplacements au centre de ses deux iris bleu-gris d'avant la couleur des yeux, pareils à ceux de tous les autres. Sa bouche un peu ouverte, qui jamais ne goûtera le lait, s'adresse à Jill. Tant de calme interrogatif de bébé silencieux, et qu'elle connaît si bien. Ils se regardent tous les deux. Ils se traversent. Est-ce que tu sais quelque chose pour Jeanne ? Est-ce que tu sais quand elle te rejoindra ? Il continue de la regarder et continue d'essayer de ne pas bouger et elle ne bouge pas non plus, ce qui lui rappelle ses cinq ans et ce que c'est de rester cachée dans une vieille penderie pleine de vêtements bruissants et de cintres rouillés. Et cela lui rappelle son âge de mère, et ce jour de vacances à la campagne où Daniel est venu la chercher pour contempler quelque chose dans le jardin, « un animaux, maman » : un chevreuil immobile devant la porte-fenêtre. Aussi longtemps qu'elle restera sans bouger, il restera à la regarder, c'est sûr. « Regarde, maman, il s'en va. Il habite où ? » Soudain, le besoin de changer son pied d'appui, de reprendre son souffle – parce qu'elle ne respirait plus, plus du tout. Elle bouge. Le bébé referme les yeux. Dans sa nouvelle posture, menton sur l'épaule gauche. Pour le reste, il est redevenu tel que le décrit le rapport. Il n'y a pas une ligne à changer. Jill l'imprime et le glisse dans une pochette grise à caducée, frappée des initiales M.V. de la maternité des Vironnes. Du bout du pied, elle débloque le frein du berceau et, dans la nuit, dans le couloir qui résonne des voix de ses collègues et des bruits machiniques, sous la lumière inaltérable des néons, elle le roule en direction de l'adieu.

Jeudi 16 mai, Marguerite se réveille avec Sam. Sa valise est prête mais elle a l'impression que tout le contenu en est versé dans sa poitrine et beaucoup plus encore, allongée près de lui elle sent qu'elle a une pierre, un rocher, une falaise sur le cœur. Dans un effort insensé elle s'extrait des draps, boit un café, s'habille. Elle est en avance, elle déteste se dépêcher au réveil, surtout pour attraper un train. Elle espère que Sam ne se réveillera pas, ce sera plus simple, et elle espère encore plus qu'il se réveillera, sinon elle se sentira comme un fantôme. Elle s'assoit au bord du lit pour le regarder et une main s'empare d'elle, un bras, tout un corps chaud hérissé de poils et qui sent la sueur de la nuit, un espace-temps oublieux des indicateurs des chemins de fer, la voilà nue et le départ loin.

Elle est dans les draps, l'horrible au revoir que son camarade de lit murmure sans une larme, sans que sa peau en soit moins douce, moins chaude, l'envahit. La falaise se dresse à nouveau à l'aplomb de son cœur et elle est prête à annuler son intervention au colloque, invoquer, hors saison, un invraisemblable Covid, quand soudain elle se souvient d'un rendez-vous qu'elle a pris aujourd'hui, là-bas. Il ne faut pas qu'elle le rate, ce train, non, la vieille dame attend. Elle s'arrache à l'Américain ensorceleur. Elle court, direction la rue Pelleport, le métro, trois changements puis le hall et le quai sans passer par le kiosque, quelle poisse, elle court encore jusqu'à son fauteuil attitré en moquette verte où elle s'anéantit enfin, ayant pour seul désir d'oublier, de toute urgence dormir. Ce qui n'est pas si simple à première vue. Sa culotte est trempée par les adieux hâtifs avec Sam qui ont fui sans vergogne pendant sa course dans le métro et imprègnent à présent le coton qui lui colle à la peau, et dont elle essaye d'oublier le contact refroidi en étranglant une larme. Elle ne sait pas si cet écoulement la réconforte ou la chagrine. Elle sent la sueur elle aussi, à présent, la sienne à lui et à elle, elle s'enfouit dans leur odeur commune de marée basse, s'enroule dans sa veste, coule sous son écharpe, et aussi vite qu'elle a couru, s'endort.

Quand elle ouvre les yeux, le monde est bleu et doré, les reliefs découpés au couteau révèlent des toits roux, des ponts, des chemins qui semblent avoir été peints par la pensée et par le regard, par les rêves roulés dans le train, plutôt que par la main humaine. La lumière se donne comme si toute autre lumière vue ailleurs n'en était qu'un lointain reflet car elle s'origine ici, c'est clair, les carrières de lumière sont ici, on la découpe à même le ciel et à même le sol à l'état brut, en tout autre endroit elle n'est qu'importée, des répliques. Elle extrait de son sac ses lunettes de soleil, regarde l'heure. Elle aura juste le temps de poser sa valise à l'hôtel avant de retrouver son interlocutrice.

Dans Noailles tumultueux et ses rues étroites prodiguant un festin qui ne tarit jamais, de fruits qui débordent des stands, de poissons allongés dans leurs bancs de glace, de pâtisseries luisantes de miel, Marguerite se fraye un passage jusqu'à l'immeuble de la vieille dame. Quel âge a-t-elle, à présent ? Elle compte les années en grimpant les marches qui séparent de très hauts paliers comme on les fait ici, ouvrant sur des appartements où le ciel entre si fort qu'on en oublie l'activité de la rue. C'est au troisième mais on dirait le sommet du monde tant ça monte longtemps et Marguerite se demande comment fait son hôte, au quotidien, avec toutes ces marches. « Je suis vieille. Je suis fatiguée, et je pense plus à la mort qu'à toutes ces histoires dont vous m'avez parlé dans vos e-mails, de naissance, sages-femmes et compagnie. Essayez de me dire des choses un peu censées, un peu importantes, votre génération passe son temps à dire des banalités », lui jette-t-elle en la précédant dans le couloir.

La silhouette mince la précède d'un mètre ou deux, la précède de mille ans. Elle est mince, légère, elle marche vite. Comment Marguerite a-t-elle pu, si longtemps, ignorer ce nom ? Elle n'a entendu parler de Simone Fabre pour la première fois qu'il y a un mois, dans un séminaire d'histoire de la médecine à l'EHESS – une séance consacrée aux femmes, bien sûr la séance sur les femmes est à part, « la séance spéciale » dirions-nous, on ne va quand même pas se mettre à parler de femmes lors d'un cours sur les progrès techniques de la médecine, non ? Ou les mélanger à tort et à travers quand on évoquera l'engagement des médecins en politique, ou quand on étudiera les frontières entre leurs publications scientifiques et certaines formes d'écriture littéraire ? On ne va pas rêver, s'était dit Marguerite, mais OK, j'y vais à ce hors-série gynécée médical, sera-t-il question des effets des œstrogènes sur les diagnostics ou doit-on parler plutôt du numéro « Ces dames de l'hôpital » ? Allez, Marguerite, c'est un excellent séminaire, tu y trouveras peut-être un ou deux trucs. C'était vrai. Elle avait trouvé Simone Fabre. Un nom vu mille fois sans le voir dans la liste du Manifeste des 343, inséré juste entre la signature de Françoise Fabian et celle d'Anne Fabre-Luce, comment avait-elle pu l'ignorer ? Le collègue intervenant à l'EHESS (non pas *une* mais *un* collègue, il fallait rester sérieux, les trois quarts des intervenants de ce séminaire étaient des hommes, et si on voulait donner un peu de cachet à cette séance occulte, lui donner sa chance en somme, mais enfin tais-toi, Marguerite ! Un peu de calme, des fois, pour la paix de ton âme s'il te plaît, c'est un super collègue, bon camarade et qui fait des articles solides, écoute-le ce garçon, desserre les dents, range ton sabre) l'avait présentée comme une des premières gynécologues femmes. Descendante d'une famille d'armateurs marseillais, riche et héritière en rébellion d'un père qui avait pris la direction du Tchad aux premières heures de la France libre. Simone avait fait sa scolarité au lycée Longchamp, à l'époque on disait « lycée » mais l'établissement accueillait les filles dès l'école primaire et c'est ainsi que la petite fille qui s'appelait Simone Fabre avait rencontré, alors que toutes deux savaient encore à peine lire, la petite fille qui s'appelait Antoinette Fouque. En plein séminaire boulevard Raspail, cette information avait percuté la tête de Marguerite avec la vivacité d'une craie jetée en travers d'une salle de classe. Simone était pour elle encore floue, mais la simple rencontre entre une leadeuse du Mouvement de libération des femmes (MLF) telle qu'Antoinette Fouque et une autre du Mouvement pour la liberté de l'avortement et de la contraception (MLAC) à un si jeune âge leur donnait plus de chair à toutes les deux que tout ce qu'elle pourrait jamais traverser par ses lectures. Avoir été ensemble deux enfants dans une cour d'école, derrière les grands murs jaunes de l'ancien établissement religieux, leur conférait une place flamboyante pour la Postérité, qui n'a d'habitude de féminin que le nom. Dans cette scène originelle, leurs destins s'hybridaient étrangement à leurs qualités d'enfants et elle imaginait, près de la mystérieuse petite Simone Fabre, une mini-Antoinette

Fouque en tablier, avec de la terre sous les ongles et les genoux égratignés, tout en étant coiffée de son habituelle couronne poivre et sel, avec ses lunettes en cul de bouteille sur le nez. Depuis ce jour, quel bouquet de pâquerettes, quelle platée de nouilles, quelle gadoue de promenade, quelle morve mise en commun dans un mouchoir à initiales les avait si bien collées ensemble ? Pour Marguerite, le séminaire s'était arrêté là, sur ces mots de « lycée Longchamp où Simone Fabre rencontre Antoinette Fouque », l'esprit de Marguerite ayant quitté la salle et s'étant mis à fantasmer cette enfance marseillaise. Pas tant pour son contenu philosophique, la complicité intellectuelle qui s'était développée et dont, par d'autres biais, elle connaissait assez bien l'algèbre. Mais soudain lui étaient apparues l'enfance et la vieillesse en un même fruit, aussi nettement unies que les quartiers frais et mûrs d'une même orange, aux mêmes pépins qu'on croque en attendant des germinations merveilleuses. Elles avaient été réunies dans ce lycée de jeunes filles pendant toute une scolarité avant de prendre des chemins divergents et l'une corroborait l'existence de l'autre, l'une et l'autre se justifiaient même si l'une des deux avait suivi un chemin moins visible, sans rien publier, sans apparaître sur les photographies de presse ni faire aucune action tonitruante, en exerçant simplement ce métier : médecin gynécologue.

Arrivée devant la porte de Simone, Marguerite avait eu le temps de calculer qu'elle était encore loin d'être née l'historienne du même âge qu'elle, quarante ans, qu'une Marguerite du futur âgée comme Simone de quatre-vingt-huit ans accueillerait dans son salon pour lui raconter l'histoire de sa vie. Ta chroniqueuse personnelle n'est même pas encore née, Marguerite, se murmure-t-elle, tu n'es même pas encore l'embryon d'une histoire alors sois sage ma grande, soit humble un peu, laisse cette vieille dame te traiter comme elle le voudra – et elle s'engouffre dans l'appartement, happée par la silhouette de Simone en contre-jour, qui la conduit jusqu'à la lumière et la fait asseoir.

Dans le salon, une fois en face d'elle, elle peut enfin contempler le visage de Simone Fabre rendu à ce qui lui semble être l'enfance sous les platanes du lycée Longchamp par un polissage délicat et qui tremble, car elle fume sans cesse, derrière une cigarette qui ponctue son visage, s'harmonise si bien à ses doigts qu'elle semble ne s'être jamais éteinte depuis qu'elle l'a allumée la première fois, à la fin des années 1950. « Moi en étant gynécologue, pour cette génération j'étais une vraie bizarrerie. Non seulement ça, mais en plus je m'opposais, je me faisais remarquer… Je parlais de contraception à mes patientes, alors que ça ne se faisait pas du tout. Et quand mes parents ont voulu me marier… C'est pour ça que j'ai demandé qu'on me mute en Guadeloupe, en 1963, j'avais vingt-six ans, vous vous rendez compte ? Je me suis enfuie et ça m'a valu d'être déshéritée. Tout simplement oui, déshéritée. J'ai participé, comme gynécologue stagiaire, à la création du Planning familial de Guadeloupe et je peux vous dire que là-bas les pouvoirs publics avaient un temps d'avance sur la métropole, pas par noblesse d'âme des pouvoirs publics, hein, mais simplement il était reconnu par ces messieurs ici que ces dames-là faisaient déjà assez d'enfants. Les paysannes, les bourgeoises, les vendeuses, les fermières, les ouvrières blanches de la métropole avaient intérêt à fabriquer de la descendance mais toutes ces bronzées, dans leurs îles, avec leur libido de bacchanales, il fallait leur apprendre à se ceinturer. Moi j'avais déjà avorté deux fois, je m'y connaissais un peu, disons, de l'intérieur. Une première fois mise enceinte par mon fiancé marseillais que j'avais laissé, passez-moi l'expression, en rade, et croyez-moi je n'en ai aucun regret. Puis un autre amoureux, là ça a rendu mes débuts en Guadeloupe un peu difficiles, un chef de service en chirurgie à Pointe-Noire qui était venu avec épouse et enfants en laissant pour quelque temps son poste au CHU de Lyon, vous imaginez à quel point il rêvait de se mettre à pouponner avec moi, quant à moi avec lui n'en parlons pas… Ayant vu les conditions pour mettre un terme à des grossesses futures, ça m'a vaccinée, on va dire les choses comme ça. » Simone dévisage Marguerite, fume, détache un rond de cendres contre le bord du cendrier. « Vous avez des enfants, vous ? Vous avez quel âge ? » Marguerite répond « non » et « quarante ans » sur un ton ferme et décidé qu'elle a l'habitude d'adopter, elle l'a mis au point de mieux en mieux au cours de ces derniers cinq ans. D'habitude, elle réussit à faire résonner l'indiscrétion qu'il y a dans la question, et le choix qui habite sa réponse. La vieille dame en face d'elle continue de fumer en haussant les épaules, « moi non plus », répond-elle, « qu'est-ce que ça change ? On vit très bien sans. Et pour l'éviter, y'a qu'à pas baiser, comme dirait l'autre », et elle éclate de rire. « N'empêche, vous pourriez quand même être ma petite-fille. Vous avez déjà avorté ? » Marguerite a bien le souvenir d'une ou deux pilules du lendemain, ou trois, ces incidents énervants lui reviennent mais elle répond la vérité, « non », de nouveau, et rougit. Elle a l'impression d'avoir répondu « en fait je suis vierge » ou « jamais de pénétration mais je suce », il y a quelque chose chez Simone qui provoque l'indécence quoi qu'il arrive, quel que soit le propos, une convocation à dire des choses à nu. « J'aurais pu continuer le Planning comme ça, du côté de La Maternité heureuse, les ordonnances de pilule, quand je suis revenue en métropole en 1967 avec la nouvelle loi, c'est vite rentré dans les mœurs. J'ai ouvert une consultation pour la prescrire, au bout d'une semaine on avait des rendez-vous pris sur trois mois. Je suis allée voir le directeur de l'hôpital pour qu'on recrute plus en lui montrant le planning qui était saturé. Toutes ces femmes qui demandaient la pilule, il ne comprenait pas ! Il ne comprenait pas le succès ! Quoi, toutes ces dames qui voulaient faire l'amour sans tomber enceintes ? Quel crétin. Et vous alors, comment vous vous débrouillez ? Vous aussi vous avez une sexualité vagabonde, comme on disait à mon époque ? À mon avis, vous n'avez pas l'air d'une fille qui cherche à réussir une carrière dans une belle-famille. »

Marguerite sourit, et se tait. À Paris, Sam doit être en train d'écrire, ou de consulter des archives, une revue, ou un roman qu'il aura pris dans sa poche pour le lire à la terrasse d'un café. Marguerite pense à la vie de cet homme qui fraye sans elle à travers la ville, après l'avoir enveloppée ce matin d'une joie si intense qu'elle a cru que sa vie à elle en dépendait. Elle aurait assez honte de l'avouer à Simone même si elle pense aussi, tout bien réfléchi, que Simone comprendrait. « Je voulais à la fois regarder sa bite, et qu'il me la mette. Ou plus précisément, quand il m'a pénétrée, j'avais envie de la regarder, et quand je la regardais, je voulais la sentir à l'intérieur de moi, et qu'elle soit aussi dans ma bouche, comme si rien n'avait plus d'importance à ce moment-là. » Marguerite se tait encore, heureuse d'être dans le salon de Simone avec elle, rien de plus, un simple événement biologique commencé il y a quarante ans et dont le développement échappe aux lignées, au maternage, aux pères déshéritant, aux familles. Elle est en face de cette femme avec la logique d'une fleur, et cette femme elle-même est une plante fabuleuse dans son salon où plusieurs bouquets sont épanouis, certains frais et d'autres fanés, ils restent dans leurs vases semble-t-il, des jours et des semaines, il y a des roses surtout, et des pivoines, bien au-delà de la dernière pâleur. Leur parfum soudain surprend Marguerite ainsi que la vision des tiges brouillées par l'eau, elle sait que cette sensation de se mirer ensemble ne durera pas et elle essaye de toutes ses forces de la retenir, toute au plaisir d'être la fausse petite-fille de cette fausse grand-mère qui la regarde encore, lui sert du thé et fume avec des gestes qu'elle connaît d'un autre monde, qui ont été inventés, séchés et épinglés sur des bobines anciennes, par des actrices d'un autre temps.

Simone continue : « Il n'y pas forcément le même engagement entre promouvoir la contraception et lutter pour le droit et l'accès à l'avortement. On s'est beaucoup engueulées là-dessus, au Planning : fallait-il se limiter à prescrire la pilule ? Mais on ne vit pas dans une pièce de Jules Romain. Les gens ne se mettent pas un thermomètre dans le derrière à heures fixes et les femmes n'attendent pas que des nouveaux Knock dosent leur taux d'hormones trois cent soixante-cinq jours par an, ni ne souhaitent les prévenir quand elles désirent être fertiles ou ne plus l'être. Sans compter le calendrier amoureux qui est encore beaucoup plus compliqué que ça. Il y a le sexe et il y a les enfants, parfois les deux choses se rencontrent mais reconnaissez que ce n'est pas le cas la plupart du temps, les hommes en savent quelque chose. Ils ont un rapport quasiment végétal à la reproduction, pour eux c'est pollen au vent et je vous le dis, croyez-moi, en toute amitié car j'aime beaucoup les fleurs. » Marguerite rougit, apparemment elle est devenue transparente comme les vases de cristal qui sont tout autour d'elles. Simone : « Quant aux femmes, entre la vie et la mort, une femme choisira toujours la liberté, quoi qu'on en dise. Moi, j'ai décidé de former plusieurs étudiants à la méthode d'avortement par aspiration parce qu'ici à Marseille et dans d'autres endroits au demeurant, la technique de mes collègues, c'était de provoquer des hémorragies pour forcer l'hôpital à la prise en charge. On déclenchait l'avortement en ville, ce qui permettait ensuite une indication de curetage dans les services qui s'en chargeaient avec la grâce que l'on sait, en crochetant les utérus au métal, sans anesthésie et souvent avec un poison de mots. Je trouvais ça déplorable et dangereux et c'est pour ça que je me suis décidée très vite à aller dans cette voie au MLAC d'abord comme praticienne, puis formatrice. »

Le soir, dans sa chambre d'hôtel qui lui offre un repos radieux, Marguerite prend le temps de relire sa communication. Puis tard dans la nuit, elle ouvre les pochettes de documents que lui a confiées Simone. Elle sait déjà qu'avec l'entretien, ils composent un paysage sans égal pour préparer son livre, des éléments qu'elle pourra citer ou qui vont se déposer en elle et lui permettre de régler sa compréhension de ce monde médical des années 1970, les rapports entre certaines personnes et institutions, une texture des voix et des lieux. Augmenter un vertige de disparition, elle s'y attend, comme à chaque fois qu'elle aborde ces restes en papier ; mais la rendre aussi plus prudente et précise.

Elle commence à ouvrir et trouve dans la liasse des comptes rendus de réunion, des photographies, mais surtout des lettres. Simone lui a dit : « Je n'ai pas d'enfant pour s'occuper de tout ça. De toute façon, ce ne serait pas un cadeau. Le garder, le jeter, le montrer : c'est infernal pour un fils, une fille, de devoir y penser et ça crée trop de névroses. Regardez, il y a des enfants d'artistes qui se retrouvent à exposer les chaussettes, les briquets, les porte-savons de leurs parents, et qui en tirent de la gloire. Je n'ai pas la prétention qu'on me fasse cet honneur. Et puis finalement, ce n'est pas grand-chose. Je ne suis pas d'une génération, comme vous, où les moindres faits et gestes vont laisser des traces, je ne suis pas numérique. Aujourd'hui, il suffit que quelqu'un pète pour que ça laisse un diagramme quelque part. Alors franchement. Gardez-moi ces lettres. Il y a des amitiés. Des choses que j'aimerais bien qu'on sache. Enfin, vous verrez. Ça me fait plaisir. Et maintenant, laissez-moi en paix, je suis fatiguée. On m'a toujours oubliée, dans toutes les cérémonies, dans toutes les commémorations, je n'en demande pas tant, je sais ce que j'ai fait, moi Simone Fabre, j'ai soigné des femmes, voilà. J'ai mis au monde des enfants et, d'autres enfants, j'ai permis que jamais ils ne viennent au monde parce qu'au monde personne ne les attendait, j'ai été une agente d'inexistence. Et devant les naissances aussi, je vais vous avouer une chose, j'ai été inexistante, il faut savoir s'effacer, les femmes accouchent et ensuite elles ont besoin de vous oublier. Elles ont besoin de savoir que c'est elles qui l'ont fait, cet enfant, ce qui est vrai, ce n'est quand même pas le médecin gynécologue, n'est-ce pas ? Prenez ces documents, prenez tout, vous verrez. Même si ça ne remplace rien, car c'est toujours facile d'écrire des histoires, les gens ne font que ça à longueur de temps, des histoires. Mais les vrais souvenirs… »

Le lendemain, Marguerite se rend à pied depuis son hôtel jusqu'au Centre de la Vieille Charité. L'étage consacré à la recherche est géré par le CNRS qui a mis à disposition une des salles pour les deux jours du colloque. Il y a pire comme endroit, parvient à articuler Marguerite sans pour autant se consoler. En attendant la première communication, elle chemine seule le long du quai. Le chagrin du départ de Sam lui semble insurmontable, lisible au moindre de ses gestes. Elle se rappelle son corps avec une précision hallucinatoire. Les détails qui se manifestent à sa conscience le rendent plus vivant et plus absent que jamais, c'en est éprouvant. Le taillis brun sous ses aisselles. Le contour foncé de ses mamelons ou le renflement arrondi de la flèche sous son gland. Comment travailler dans ces conditions ? Marguerite continue sa promenade sous le soleil matinal, elle s'arrête pour prendre un café et s'invente une bande de marins traînant par ici et qui sauraient l'enlever à sa mélancolie, qui auraient des mains et des queues consolatrices. Saint Genet auréolé par sa rêverie est aussi de passage et il conduit l'un d'entre eux jusqu'à l'embrasure d'une entrée d'immeuble, avant de revenir vers les tables de bistrot qui luisent au soleil. Il s'assoit près d'elle et, tout en s'essuyant les cuisses avec un bout de voile de bateau, il s'enquiert de Sam et s'amuse de celui qu'il nomme « ta belle pute américaine », ce qui finit de la réchauffer. Puis le corps de Marguerite, tendu et humide, les joues rosies par ce petit déjeuner impromptu, s'achemine en haut de la colline et se faufile par les ruelles jusqu'au dôme ivoirin de la Vieille Charité.

Il faut nourrir les enfants : le fronton de l'église montre qui est Charité, une femme allaitante près de deux pélicans tendant leurs becs aiguisés vers les gosiers de leurs poussins. L'endroit est beau à perdre la raison, un piège du temps tendu par la pierre reflétant les époques déchues, des traits de l'âge classique en quête de Renaissance, de Renaissance en quête d'Antiquité, ou un édifice du prochain millénaire rêvant de ce que nous étions aujourd'hui. Au cours de la journée, la pierre passe de blanche à jaune comme une surface vivante. Le décor en abîme a dû s'offrir à des milliers de rêves de la part des parias, des vieux, des fous, des vagabonds et des filles mères qui étaient enfermés ici pour être soignés, pour être redressés mais surtout, être ôtés au regard de la société, de tous les autres déclarés normaux. Marguerite n'a jamais vu tombe plus splendide pour y mourir vivant, pour tous les enfants rejetés qui sont venus becqueter ici les plaies du Christ avant d'entrer dans les ordres ou d'être recrutés ailleurs, sur des navires, dans des manufactures ou des bordels. Merveilleuse époque où la main-d'œuvre pas chère pouvait être cultivée de telle façon.

Pendant ces deux jours, Marguerite a du mal à se concentrer sur les communications de ses collègues. Elle pense à Sam la plupart du temps et quand par chance elle échappe à la vision de ses dents entre ses lèvres, des grains de beauté sur ses épaules ou des variations de sa peau entre son ventre et son pubis, à toutes les preuves mille fois trop nombreuses de son existence, elle se laisse dériver vers les papiers de Simone Fabre qui attendent dans sa chambre. Elle leur prête une capacité de diversion salutaire et voudrait se jeter à corps perdu dans leur étude, mais elle s'attend aussi à être sollicitée pour lancer la préparation du colloque anniversaire de la loi Veil qui se tiendra en janvier prochain à Paris. Ce rendez-vous à Marseille est en effet plutôt ordinaire, le sujet choisi pour l'occasion, « Le rôle des femmes dans la naissance et la santé publique », va amener un peu plus de données chiffrées que d'habitude via un ou deux démographes invités et un professeur de médecine que Marguerite ne connaît pas, mais elle retrouve des collègues d'histoire et de sociologie avec qui elle échange régulièrement et il est évident que cette réunion est l'occasion de réfléchir ensemble à la façon dont ils envisagent la commémoration de l'accès légal à l'avortement – pour leur collectivité scientifique c'est un moment exceptionnel qui s'esquisse depuis longtemps, et se précise à toute vitesse. La principale responsable de l'événement à Marseille est Ariane Geoffroy, la directrice du laboratoire d'études féministes de Paris Cité, qui est également à l'initiative du présent colloque. Aux yeux de Marguerite, la philosophie générale qu'elle a impulsée dans cette commémoration n'est pas tout à fait nette, surtout depuis qu'en début de réunion Ariane a prononcé la phrase : « Nous allons pouvoir aussi célébrer les acquis de la réforme constitutionnelle du 8 mars 2024. » Un propos bizarre. Certes, le fait que l'IVG soit entré cette année dans la Constitution française est une réussite. Mais tout le monde dans cette salle est aussi au courant que c'est une entrée pleine de chausse-trapes : les députés les plus conservateurs et les plus influents, qui ne voulaient pas se ridiculiser en votant contre ce progrès institutionnel, ont empêché qu'entre dans la loi l'expression « droit de recourir à l'IVG », et sont parvenus à en imposer une autre sans âme et sans passé, celle de « liberté garantie » de recourir à l'IVG. A-t-on jamais entendu parler de « liberté garantie » de voter ? Ou bien de la « déclaration universelle des libertés garanties » ? Est-ce que quelqu'un connaît beaucoup d'étudiants qui préparent la carrière d'avocat ou de magistrat en suivant un cursus à la « faculté des libertés garanties » ? Cette transaction avec la novlangue, nul ne peut ignorer son goût de concession scabreuse à l'électorat réactionnaire. Sans compter que l'état des lieux est loin de garantir quoi que ce soit : personne non plus dans ce colloque n'est en état de nier que, ces dernières années, de nombreux centres d'IVG ont disparu en même temps que les maternités où les avortements pouvaient être pris en charge, ni que les menaces de dégradation, de plus en plus réelles, des soins des étrangers en situation irrégulière affectent en premier lieu les femmes et leur accès à la contraception et à l'avortement… Il y a bien des avancées, comme pour les sages-femmes qui viennent d'obtenir le droit de pratiquer les IVG instrumentales : la mesure est en train de se mettre en place après trois ans d'atermoiements. Mais d'ici janvier prochain, dans un monde où des milliers d'États-Uniennes, de Polonaises ou d'Italiennes ne peuvent tout simplement plus mettre fin à une grossesse non désirée, il n'y aura pas non plus de quoi danser de joie ni brandir les pinces de Pozzi pour faire le V de la victoire et, de toute façon, est-ce que c'est bien notre job de célébrer ? voudrait demander Marguerite. Au lieu de quoi, elle accepte sans mot dire qu'Ariane Geoffroy lui confie, ainsi qu'à son collègue Jérémy, la réception des candidatures pour l'appel à communications. Il n'y a pas de doute sur le caractère de bizutage du dispositif, qui augure de bien d'autres corvées, mais tant qu'elle se prépare à une campagne de professeure, elle n'a pas vraiment le choix et la patronne de labo le sait.

Marguerite essaye de s'accommoder de la situation en réfléchissant aux chercheuses et aux chercheurs à qui elle fera passer l'appel à communications, elle pense déjà aux e-mails qu'elle écrira pour les inciter à participer : ce sera une façon de contrôler l'événement, d'y imprimer un peu de sa volonté malgré tout. Elle s'y acclimate encore mieux sur un coin de table, à l'heure de prendre un verre avec Jérémy à la nuit tombée dans un restaurant aux abords de la Plaine où ils ont dévoré un chawarma et des frites avant de se mettre à dresser une liste sur la nappe en papier. Aucun des deux ne voit dans ce rendez-vous un intérêt purement professionnel, ce qui approfondit beaucoup leur engouement pour la science. Ils font le point sur les recherches en cours qui leur semblent importantes au sein de différents labos : ils évoquent des collectes de statistiques très en pointe sur l'âge et la sociologie des avortements basées sur les archives de l'INED, ainsi que des enquêtes orales récentes sur les désillusions et les tensions du militantisme dans les années 1970. Ils reparlent d'une collègue tout juste élue maîtresse de conférences et qui a ouvert le colloque ce matin car elle travaille en histoire moderne, précisément sur le XVIIe siècle contemporain de la construction de la Vieille Charité. Ils louent sa capacité à remonter les fils du temps les plus ténus pour retracer des pratiques abortives beaucoup plus anciennes et qu'on croyait à jamais inatteignables tant elles aspiraient à ne pas être vues, un effacement hyperbolique en somme que leur collègue a surmonté en rapprochant certains écrits intimes, des lettres, des journaux, avec des listes de pharmacopée que des sœurs et des matrones ont laissées dans les archives des couvents. Ainsi est-elle capable de déceler, entre les lignes des livres de comptes, l'apparition et la disparition de certains œufs, qu'ils soient de pélicans comme au fronton de l'église, de moineaux ou de dragons, œufs de servantes ou de reines, qui ne furent jamais éclos au nid mais enterrés, brisés, cachés entre femmes se dérobant en bonne intelligence aux chroniques et au gibet.

La deuxième journée se termine sur la place devant l'église, à manger des pizzas et boire du vin blanc frais. Soudain Jérémy se lève, et Marguerite aussi, presque d'un même mouvement. Ils décident d'entamer ensemble la descente vers le quai puis vers leur hôtel, ils ont pris de court l'assemblée de collègues qui les met déjà dans le même lit alors qu'ils ont à peine tourné le coin de la rue, ils peuvent entendre leurs rires moqueurs dans une gamme allant de contenue à gorge déployée ce qui, eux, les fait sourire. Sur le chemin de leur hôtel, ils profitent de la chaleur qui porte les pas, qui réduit presque à rien la différence entre l'air et la peau qu'on touchera tout à l'heure, si bien qu'ils s'attardent longtemps dans les rues. Marguerite se surprend à penser : « Tant pis pour Sam », la note de vengeance n'est pas majeure mais elle est là et elle la goûte, en dessert. Elle conduit Jérémy jusqu'à sa chambre et bientôt elle ouvre les cuisses, la bouche, et se laisse traverser tant qu'elle peut par tout ce que cet homme a de mains, d'odeur, de gémissements, d'envie de se répéter à l'intérieur de son corps à elle.

Le lendemain, en rentrant à Paris, un dimanche, elle somnole dans le train. Elle a posé devant elle un dossier d'archives de Simone Fabre et a commencé à le parcourir. Toucher ces vieux papiers suffit à lui faire un lit blanc et doux où il fait bon rêver. Elle a lu un article tiré à part d'une revue médicale pour laquelle Simone Fabre fait le bilan d'une année d'observation des politiques de contraception en Guadeloupe, qui sont alors – on est en 1970 –, comme elle le lui a d'ailleurs confié, très en avance sur la métropole. Il s'agit là surtout de chiffres, de statistiques issues des protocoles suivis sur de premières cohortes de patientes, mais elle perçoit un ton, chez Simone Fabre, qui en fait plus qu'un simple article scientifique. C'est plutôt une voix s'époumonant pour que sa démonstration soit entendue, une demande qui est une prière.

Dans ce premier dossier qu'elle a ouvert au hasard, il y a aussi une correspondance entre Simone et Nicolle Grand, la présidente du MLAC d'Aix-en-Provence qu'elle doit connaître depuis l'adolescence et qui malmène sa conscience professionnelle en lui racontant les accouchements hippies, sans médecins, qu'elle pratique dans son mas communautaire : des scènes d'une nuit entière où les amis et leurs enfants viennent tenir compagnie à la parturiente en écoutant de la musique, en buvant et en prenant des drogues ou de la chicorée et des chocolats chauds à partir de six heures du matin, qui bavardent puis s'endorment tour à tour, attendant le bébé dans une hâte nonchalante, tels des fêtards le lever de soleil sur une plage. Les deux femmes s'envoient l'une à l'autre des insultes attendries. Et puis, il y a des dizaines d'enveloppes petites et soignées, blanches ou roses, pastel, dentelées : ce sont les faire-part de naissance que Simone a reçus dans sa vie de gynécologue, accompagnés parfois de photos des nouveau-nés et des lettres de leurs mères, qui la remercient pour leur accouchement victorieux. Ces enveloppes-là nimbent l'extase de Marguerite sur son trajet de retour, des papiers qui sont des berceaux tendus de tulle, agités par les souffles, par les gestes aveugles et frais des innombrables bébés des années 1970 nés aux mains de Simone.

Karim est chez lui quand elle arrive, en début d'après-midi. Elle pose sa valise dans l'appartement déserté par Sam et accepte le café qu'il lui offre. Ils passent le reste de la journée à se balader. Ils vont au cinéma, et rentrent ensemble. Ils ne sont pas pressés, il n'y a aucun suspense dans le scénario qu'ils écrivent, ce qui leur est doux. Karim propose bientôt d'aller manger chez lui les restes qu'il a rapportés du restaurant et ils rentrent déguster les mets au goût si éclatant, le citron et l'oignon translucides, le bouquet d'amertume du persil, qu'il leur semble croquer le fruit à même l'arbre, les pieds dans l'herbe. Puis ils s'assoient l'un contre l'autre sur le lit et, pour la première fois depuis qu'elle le connaît, sans que rien n'y prépare, Karim se met à lui parler de la guerre. Au début, cela ressemble à toute autre fois où il lui parle d'autre chose. On dirait que ses mots fixent des phénomènes abstraits, qu'il essaye de décrire des couleurs par exemple un certain jaune, ou une sorte de gris. Il passe beaucoup de temps à lui expliquer par quels moyens de communication il prend des nouvelles, lesquels de ses cousins ou amis lui écrivent ou lui téléphonent. Il lui fait prendre conscience du drone qui vrombit en permanence derrière chacun de leurs mots. Ou quand, pendant des jours et des jours, il n'a plus de nouvelles, comme après qu'une bombe est tombée sur un immeuble à côté de l'hôpital de fortune, le dispensaire qui accueillait les malades, les blessés et les femmes enceintes et où travaillait un de ses cousins infirmier, Rahim. Ce qu'il raconte ne semble pas le concerner tant sa voix est lointaine, détachée, couverte elle aussi par le drone semble-t-il, et Marguerite met quelques minutes à comprendre les mots « mon cousin », « mon cousin infirmier » et le nom qui revient, « Rahim », ainsi que l'expression « le pauvre », prononcée avec distance. Il y a chez Karim tant de pudeur et de difficulté à se plaindre qu'on dirait que Rahim a raté un avion ou un train, « le pauvre ». Quand Karim se met à pleurer, il pleure tant qu'il n'arrive plus à rien dire et Marguerite comprend entre deux sanglots qu'une bombe l'a atteint tout près de son travail, alors qu'il rentrait se reposer dans l'appartement d'une famille d'autres déplacés qui l'hébergeait. Karim va chercher son téléphone et lui montre sur l'écran une étendue de poussière où s'inscrivent les massifs crénelés des immeubles après la déflagration. Une charrette tirée par un âne traverse les décombres, et il s'efforce de prononcer « il n'y a plus de carburant », comme pour trouver une excuse à ce convoi archaïque qui trébuche et se traîne. Marguerite aperçoit le dos tendu de l'âne et ses oreilles couchées en arrière, elle peut presque discerner ses yeux placides ourlés de noir. Mais elle n'arrive pas à voir qui le conduit et on dirait qu'il avance seul, guidé par son seul instinct pour mettre à l'abri son chargement de corps.

Marguerite se saisit du téléphone, elle l'éteint et le pose par terre. Elle prend Karim dans ses bras. Elle ne sait pas quoi lui dire. Tandis qu'elle se tient contre lui, elle repense à ce qu'elle a entendu pendant le colloque à Marseille, le deuxième soir. La conversation a flotté sur le radeau de l'actualité dont personne n'aurait pu dire, à force, ce qu'il avait de réel, en dehors des profits tactiques qu'il y avait à énoncer ceci plutôt que cela, se positionner auprès d'unetelle ou d'untel, jusqu'au moment où quelqu'un a dit quelque chose sur un quartier de Gaza où les terroristes avaient été acclamés alors qu'ils revenaient avec une femme ligotée à l'arrière de leur pick-up, ce qui semblait possible, effrayant et difficile à vérifier sur le moment tout comme il était difficile de percevoir dans quel but cela était raconté, par exigence lucide, ou bien pour enrôler l'assistance dans l'inertie et retirer toute commisération à ceux qui restaient sous les bombes. Il y eut donc une certaine gratitude pour celle qui engagea la conversation sur la parution d'un nouvel ouvrage, celui d'un collègue qui essayait d'aborder la question du racisme en France au filtre de l'amour : une étude sur ce que le racisme fait au goût des corps et à la cartographie des rencontres, ainsi qu'aux relations des couples avec leurs familles.

Celle qui en avait parlé la première, encouragée par l'attention de son public, se mit à évoquer la préface dans laquelle l'auteur racontait l'histoire de ses parents : un amour fou qui avait défié le bannissement de leurs deux familles, l'une juive et l'autre catholique dans un temps qui n'était pourtant pas si lointain, celui des années 1950. On en était là, dans cette excursion un peu sentimentale qui soulageait tout le monde quand une personne d'autorité, qui était déjà professeur, avait fait remarquer qu'ainsi donc l'auteur de cet ouvrage qui était moitié catholique et moitié juif, « c'est lui-même qui le dit », précisait-il d'un faux air de ne pas y toucher, n'avait jamais subi et ne pouvait donc rien comprendre aux souffrances de racisme qu'il relatait. Un silence assourdissant suivit ce propos. Il était déjà terrible pour ce collègue absent de voir son livre disqualifié par cet éminent professeur mais surtout, dans l'analyse des causes de son incompétence, la part juive de son identité faisait beaucoup plus de bruit que l'autre : elle ne prenait pas plus que sa moitié dans la syntaxe de la phrase mais elle catalysait toute l'attention, on avait beau essayer de refaire le point, elle semblait beaucoup plus vaste, dans l'implicite de l'analyse. Et personne n'avait envie d'exiger un éclaircissement.

La succession de ces deux moments a provoqué le départ de Jérémy, Marguerite en est sûre. Elle le connaît assez pour savoir qu'il voulait se dégager de l'incident. Il a été assez habile pour ne pas donner l'impression de faire un esclandre, en laissant passer quelques minutes. Laissé s'enrouler une autre boucle de la conversation concernant la campagne en cours pour les postes de professeurs, assortie de commentaires plus codés qu'une table héraldique à propos des différents candidats, écouté sonner contre la table, « on passe au rouge, non ? » la bouteille de côtes-du-rhône, et il s'est levé, et Marguerite s'est levée, se précipitant dans la brèche qu'il ouvrait.

Il y a des gens dans ce milieu qui trouvent que Marguerite est une fille facile. Bien sûr, ils ne feront jamais l'erreur de le dire comme ça : beaucoup de professionnels du savoir voient dans le sexe la source secrète de tous les savoirs, ce qui fait de la pruderie une faute impardonnable. Aucun n'avouera avoir fait le compte des amants de Marguerite, même si plus d'un aura essayé. Il est vrai qu'elle a couché avec un certain nombre de collègues, des hommes et, dit-on aussi, quelques femmes. Marguerite leur répondrait qu'elle ne couche d'ailleurs pas qu'avec des universitaires, autant qu'elle sache. Leur manque d'imagination la sidère un peu.

À force, Marguerite devrait quant à elle être parée d'un savoir supérieur sur la question, et ses conséquences. Non ? Elle devrait quand même avoir une intuition de la suite, mais non. Avoir traversé toutes ces années d'amour en restant aussi nullipare qu'une prêtresse d'Artémis l'a rendue un peu légère sur la question contraceptive. De plus, elle a dépassé de plusieurs années l'âge où ses amies ont eu des enfants. Si on l'interrogeait, elle reconnaîtrait qu'il est idiot de confondre un phénomène social, la ruée vers l'enfantement par la génération chômage au début ou au milieu de la trentaine, avec l'étendue réelle d'un cycle biologique, mais cela fait des années que les langes et les taches de lait ont disparu de son champ de vision et cela l'a rendue distraite. Elle a pourtant trempé aux meilleures sources. Pendant deux ans, elle a même été au lit régulièrement avec un médecin de la fertilité qu'elle avait rencontré lors d'un colloque organisé à la maternité de Port-Royal où il exerçait. L'emploi du temps de cet homme responsable d'un service hospitalier défiait les horaires normaux ce qui lui permettait de voir Marguerite avec des alibis crédibles les soirs et les week-ends en prétendant auprès de sa femme être de garde. Son smartphone vibrait en permanence. Il avait expliqué à Marguerite qu'il était dans l'obligation de le laisser allumé à toute heure, été comme hiver, jour et nuit, pour pouvoir répondre à ses patientes au plus vite, et leur indiquer le jour où elles devaient commencer leur traitement hormonal, dès qu'elles lui notifiaient l'arrivée de leurs règles – il devait avoir l'information précise, au demi-jour près, pour qu'elles soient en mesure de « lancer leur ovulation ». Les soirs, les week-ends, les jours fériés. Tant de femmes. Le soleil ne se couchait jamais sur son verger de femmes. Marguerite devrait savoir. Elle pourrait se douter que ses ovaires sont accessibles par voie vaginale. Elle a déjà regardé sa vulve avec un miroir un nombre de fois sûrement supérieur à la moyenne des femmes. Elle est de celles qui savent trouver le petit rond brillant de leur col de l'utérus au bout de leur doigt en moins de deux secondes et elle est capable de faire le lien entre éjaculats et globe utérin. Une équation intelligible. Mais rien. Elle fait l'amour depuis si longtemps. Elle a pris la pilule et elle a arrêté la pilule, et l'a reprise et abandonnée tant de fois. Elle sait relier entre elles l'idée de gamètes et le déroulement des parois vaginales du moment que c'est chez les autres et ne tient aucun compte de certaines informations glanées en chemin. « Follitropine », par exemple : c'était le nom de l'hormone que devaient prendre les patientes de son amant procréateur professionnel pour faire advenir un maximum de futurs ovocytes – « Ah ! Encore une de tes Tourne-en-folie qui t'appelle », ainsi que Marguerite nommait ses patientes quand le téléphone vibrait et qu'il devait leur répondre sur l'application en ligne dédiée à la gestion de leur fertilité.

À aucun moment elle ne s'imagine allongée dans une robe en papier bleu, son corps devenu montagne relié à un écran de sismographe tandis qu'une voix surgie d'entre ses genoux lui demande de pousser fort. Il lui faudrait pour cela être plus songeuse ou plus perspicace. Le corps de Karim débarrassé de son tee-shirt, ses hanches qu'elle a elle-même désentravées de son jean, sa bouche et ses cheveux, ne lui inspirent pas ce genre de prévision. Pour l'instant, elle aperçoit seulement le creux de son épaule sous la clavicule, mobile et fixe comme un lac. Et ses mains qui étendent, qui écartent son corps sous leur chaleur. Elle ne sent que le froissement de ses lèvres et les parois limpides qui se révèlent sous des doigts précis, un gland d'une douceur de pétale, et une nudité si dure entre ses doigts à elle qu'elle semble plus nue encore. Il est tellement nu à force de bander qu'elle pourrait sentir les contours de son cœur, aussi ferme et tendre que son sexe, ses mamelons, sa langue. Elle est bien au courant que les organes, que l'intérieur de son corps, sont aussi réels que ses mains, ou ses yeux. Que certaines choses qui sont invisibles n'en sont pas moins réelles. Comme la guerre. Ou comme le passé.

Elle continue, pourtant. Il est fort rare pour Marguerite de se prendre à ce point à oublier. En tant qu'historienne, elle se voit plutôt dans la caste des narrateurs, de ceux qui englobent le récit, et ne se laisse pas surprendre si facilement. Par son métier, elle a l'habitude de reconnaître en n'importe quel événement qui surgit ou qui prétend surgir une dimension sérielle, elle est une excellente créatrice d'objets, comme disent ses collègues, à savoir agile à réunir des constantes, à les nommer et définir leurs conséquences. Les métiers sont des objets, justement, les façons de s'adresser à autrui, de dépenser son argent, de voter sont des objets. Les accidents spatiaux, la répartition de l'oxygène dans l'atmosphère sont des objets, elle pourrait nommer la discipline scientifique adéquate ainsi qu'un collègue spécialiste pour chacun d'entre eux et bien sûr, les positions sexuelles sont des objets avec leurs propres constantes et conséquences, de cela aussi, elle devrait être au courant.

Près de Karim, elle se regarde – dans les limites de ce qu'elle voit à savoir son ventre, ses cuisses, et le delta broussailleux où ils se rencontrent, qui la reposent de son visage dans le miroir, c'est une image d'elle plus impersonnelle et plus sûre, qui ne rit ni ne pleure, où le plaisir ou la souffrance sont indécelables. Et elle regarde Karim, qui s'est endormi à présent. Ses paupières fermées, leur froissé doux lui procurent le souvenir impossible de l'enfant qu'il a été. Avant de s'endormir elle aussi, elle les embrasse en souhaitant, comme on le fait pour un enfant, que jamais il ne soit visité par le chagrin. En les regardant depuis un endroit du temps où il serait encore possible de faire ce vœu.

Il est sept heures cinq, Jeanne n'est toujours pas là. Quand Jill a des gardes de jour, il faut que sa mère arrive très tôt et ça s'avère plus difficile que pour les gardes de nuit, quand il lui suffit de venir coucher les enfants puis de s'endormir sur le canapé. Le petit matin est une côte raide pour son souffle, son âge et l'état de son cœur. Comment Jill peut-elle encore lui demander une chose pareille ? Et si son cœur lâchait vraiment cette fois, à force de se dépêcher pour elle ?

En pyjama, les enfants sont penchés à la fenêtre et guettent leur grand-mère comme une chevalière qui percerait la brume de poussière à leur rencontre. « Elle a peut-être eu un petit problème ? Tu crois qu'elle a encore été à l'hôpital, maman ? » Jill se ressert un café. « Mes enfants. Ne vous penchez pas trop. » Ils sont agenouillés sur l'appui de la fenêtre, leurs mains accrochées aux barreaux du garde-corps. Leurs quatre plantes de pieds luisent comme des galets auxquels elle voudrait frotter les paumes de ses mains, en recueillir la douceur fraîche et chaude à la fois et reposer son sac, rester avec eux jusqu'à la fin des temps. Le retard de sa mère, ces quelques minutes de trop coupent son élan, éteignent sa curiosité pour tout autre monde qu'eux. « Vous ne la voyez toujours pas ? »

La veille, elle a annoncé aux enfants sa venue : « C'est Mamie qui vous accompagnera à l'école demain, elle viendra tôt. » Le fait que sa grand-mère n'arrive pas est pour Daniel plus improbable que si on lui disait que la planète entière, telle qu'il l'imagine à partir du globe lumineux qui est dans sa chambre, sortait de ses gonds : « Est-ce que demain va arriver, maman ? » Et Jill, de plus en plus impatiente, voyant le ciel s'éclaircir : « Descends de la fenêtre, mon chéri, tu me fais peur. » Immobile au milieu de la pièce, sac sur l'épaule, un signe qu'elle arbore pour faire savoir à Jeanne quand elle arrivera qu'elle n'a pas l'intention de bavarder, elle se sent cruelle. Encore cinq minutes et c'est sûr qu'elle sera en retard, et elle a honte vis-à-vis de sa binôme, Nora, qui est de retour aux Vironnes après trois mois d'humanitaire à Gaza. Nora a donné très peu de nouvelles après son arrivée sur place et Jill est terrifiée par l'état dans lequel elle va trouver son amie. Même si celle-ci part souvent en mission humanitaire, c'est la première fois qu'elle se rend en Palestine. Daniel à la fenêtre, ne perdant pas espoir : « Est-ce que tout à l'heure on sera demain ? » Demain est pour lui un jour de la semaine au même titre que dimanche ou mercredi, mais un jour flottant parmi la succession des sept autres, aussi joueur que la cible qui recule devant la flèche de Zénon. Jill repose son sac, textote à Nora pour la prévenir. Dans le ciel de juin à présent limpide elle peut lire en toutes lettres sa défaite vis-à-vis des obligations de son travail, et son désir d'autant plus grand de rester auprès de ses fils, et répondre à toutes les questions qui naîtront dans leurs têtes vagabondes. « On est toujours aujourd'hui, mon amour », avoue-t-elle.

Jeanne est en route pourtant, elle arrive, seulement elle revient d'une nuit plus sinueuse que prévu. Qu'est-ce qui lui prend, ces jours-ci ? Ses cheveux attachés, cheveux noirs et cheveux blancs relevés dans un chignon de jeune fille piqué d'une pince à la va-vite, vêtue d'un anorak léger et de baskets en toile, elle se hâte en direction de ses petits-enfants. Elle a l'habitude d'enchaîner sans faiblir sur la journée même si elle a mal dormi, comme cette nuit où elle n'a pas fermé l'œil, son métier d'infirmière a inscrit ça dans son corps depuis longtemps, mais remonter depuis le fond de ses souvenirs comme elle le fait en ce moment la rend plus lente que d'habitude. La maladie éclaire son chemin dans le mauvais sens, on dirait. Une lampe frontale qu'elle aurait attachée à l'envers, qui l'égare dans des morceaux de passé qu'elle n'a pas recherchés. D'où son retard et sa fatigue exceptionnels.

Autrefois, quand elle travaillait toute la nuit, à l'époque de Bichat, elle s'arrêtait souvent au café à côté de l'hôpital avant de rentrer chez elle et ce matin, après son insomnie, c'est aussi ce qu'elle voudrait faire. Elle va arriver chez sa fille, aucun doute, elle va honorer son rendez-vous c'est sûr, mais d'abord il faut qu'elle se repose un peu. Il faut qu'elle trouve un café pour reprendre son souffle, même cinq minutes. En voilà un à la sortie du métro qui est ouvert. Elle s'y arrête.

Elle a connu bien des aubes dans cette vie, en étant infirmière. Elle aimait ça. Mais ce n'est pas tout. Elle se rend compte que lui revient, comme avant, l'envie d'écrire. Être dans cet endroit, entendre le brouhaha des autres par-dessus ses pensées, et la note aiguë de la petite tasse en faïence qu'on poserait devant elle pour commencer sa phrase sur le papier. Ça doit aller avec la maladie, ironise-t-elle. Un symptôme de plus : s'asseoir dans ce lieu public et vouloir écrire ce qui lui arrive. Essayer de prendre la graphie de ce cœur qui ne la suit plus, qui l'abandonne, elle a si mal, et tellement peur surtout. Si elle pouvait réussir à tracer cela sur quelque bout de papier, elle a le sentiment que ça la soulagerait un peu, comme quand on se rend compte, avec le lever du jour, qu'un battement monstrueux qui a hanté la nuit n'était qu'un simple volet mal accroché ou une branche d'arbre. Mais aussi, le simple plaisir de s'asseoir et de noter des choses, de retrouver ce rythme. Elle n'a pas éprouvé de désir aussi puissant d'écrire depuis l'époque de ses nuits de garde, elle sait qu'elle n'en a pas le temps ce matin, mais ce désir l'étourdit. Elle est contente d'avoir trouvé ce café ouvert, où elle a à peine le temps de rester. Elle a toujours aimé les cafés au lever du jour.

Qu'est-ce qu'elle écrirait ? Elle a arrêté il y a cinquante ans, quel intérêt de reprendre maintenant ? Ça doit aussi être à cause du mois de juin. La texture sucrée de ce matin de juin 2024 lui rappelle celui où elle était sortie en titubant de son couloir de l'hôpital Bichat. Elle, une femme de sa condition, âgée d'à peine vingt ans, qu'allait-elle fourrer dans tous ces carnets, avec tant de rage ? Et hier comme aujourd'hui, à qui parler de la femme-fièvre ?

L'année 1972, elle se retrouve souvent, à six heures du matin, sur les banquettes en Skaï de l'établissement situé juste au pied de l'hôpital, opportunément appelé Les Deux Chattes. À part son nom, qui fait le bonheur des internes et autres carabins qui viennent y voir naître l'aurore, il n'a rien de particulier, juste un endroit qui vit à la fois très tôt et très tard. Elle aime regarder le dernier bout de nuit qui semble encore enfermé dans ce lieu, en traînes de fumée irradiées par les lampes jaunes, tandis que dehors la rue s'éclaircit. Elle reconnaît les médecins, jeunes et vieux, ou d'autres infirmières avec qui elle a déjà travaillé, parmi d'autres visages inconnus. À six heures du matin, ils sont là les uns et les autres à un carrefour du temps, ceux qui commencent le travail et ceux qui terminent, chefs et employés mélangés, tous écopant le même petit café noir.

Serrée contre le miroir au fond de la salle, son café bu, elle peut enfin se livrer à cette activité qu'elle est venue chercher. Elle sort un carnet de son sac, et commence à écrire tout ce qu'elle a vu pendant la nuit.

De tous les endroits et de toutes les heures du monde c'est ici qu'elle écrit le mieux, au petit jour. Elle se sent forte de pouvoir étirer la nuit et lui soutirer quelques mots. Elle a des carnets et des carnets remplis de cas de patients, de mots de collègues, d'analyses sur la vie hospitalière. Elle écrit aussi des lettres, parfois. Il lui arrive de rester jusqu'à neuf heures du matin, et de découvrir en relevant la tête que le café est vide, les travailleurs partis, la laissant seule entre les tables qui ne sont pas encore dressées pour le déjeuner.

Ce matin-là, en 1972, elle salue de loin sa collègue Julie, arrivée de Pointe-Noire la même année qu'elle, elles se sont connues au lycée et se sont laissé toutes deux séduire par la liberté qu'offraient ces études et cette carrière, aussi loin soient-elles ou, justement, parce qu'elles étaient loin, ce qui permettait de laisser derrière elles un étau familial qu'elles ne supportaient plus. Et aussi mal payées et mal considérées soient-elles, elles voient dans le métier qu'elles commencent l'occasion d'un progrès par rapport à des sœurs aînées, des mères et des cousines livrées au seul avancement du mariage. Leur amitié s'est renforcée depuis qu'elles ont compris qu'elles pouvaient s'accompagner pour fréquenter des cercles militants, notamment ceux d'autres Antillais parisiens qui, dans ce milieu des années 1970, relancent la réflexion et l'action pour l'indépendance. On ne débarque pas dans ces réunions comme ça quand on est timide, jeune, et femme. Il faut mimer un tant soit peu d'être déjà une foule et leur amitié est cette foule. Jeanne est obsédée par la question de l'indépendance, une de celles qui alimentent le plus ses carnets au milieu de notes sur la vie de l'hôpital et sa vie à elle. Dans ses carnets, à côté des observations cliniques et des témoignages de patients, il y a aussi des histoires, certaines qu'elle invente, elle ne sait plus toujours en se relisant lesquelles sont vraies. Elle a déjà publié deux articles, l'un dans une revue d'étudiants indépendantistes, et l'autre dans une revue professionnelle, grâce à des collègues connaissant sa rage d'écrire. Mais de tous les carnets qu'elle a chez elle, dans ses tiroirs, elle aimerait surtout faire un livre, elle ne sait pas comment. Elle a parfois l'impression que son désarroi, qu'il ne lui suffit pas de se dire à elle-même, ce désarroi qu'il lui faut dire à des inconnus, est à ce point puissant qu'il va la tuer.

Ce matin de juin 1972, Julie esquisse un mouvement pour la rejoindre mais Jeanne tourne vers elle un visage qui la fait reculer, et reprendre place au comptoir. Jeanne semble si plongée dans ses pensées que son regard a traversé Julie comme un fantôme. Tout ce qui l'entoure ce matin de toute façon paraît un monde fantôme. Elle est restée dans le couloir de chirurgie générale. Elle y entend encore sa propre voix : « Il faut des antibiotiques. » Elle dit cette phrase pour la troisième ou la quatrième fois de la nuit, des mots mendiants que personne n'a voulu ramasser, ou qu'on lui a laissés dans la gorge en lui retournant des airs pressés, méprisants. D'autres mots prononcés devant elle certains jours pendant le service, « encore une qui s'est tringlée », lui reviennent et blessent tout espoir qu'on l'écoute. Un chirurgien est passé tout à l'heure, il a daigné examiner la femme qui a hurlé, tant le col est douloureux, et a quitté la chambre aussitôt en prétendant qu'il n'était pas encore assez ouvert, et qu'il fallait attendre. Et elle, l'Antillaise, la petite sirène de Bumidom que les chefs ne regardent même pas ou qu'au contraire ils reluquent, avec sa blouse et son diplôme neufs, à qui peut-elle ordonner quoi que ce soit ?

Elle sort de la chambre, régulièrement, pour voir si quelqu'un dans le couloir pourrait accepter de l'entendre. Pourquoi la patiente est-elle arrivée en chirurgie générale ? Elle a dû se faire jeter des urgences comme une pestiférée. Et se voir refuser d'être prise en charge en gynécologie : là-bas, on ne fait entrer que celles qui veulent bien employer leurs vulves à des fins procréatrices. Et maintenant elle est dans ce purgatoire où « elle passe après », a dit l'infirmière en chef. Mais elle n'a pas besoin du bloc, c'est cela que Jeanne s'évertue à leur dire, puisqu'en tout premier lieu il lui faut des antibiotiques. « Une septicémie », prononce-t-elle encore en maintenant la porte entrouverte, pour ne pas perdre de vue celle qui transpire et saigne derrière elle, noire rivière de pleurs et d'effroi. Elle a une vingtaine d'années comme Jeanne, vingt-cinq ans tout au plus. Jeanne se voit en elle comme en un miroir. Elle quitte le couloir et revient auprès d'elle, soulève le drap et nettoie avec des compresses le sang coagulé dans les poils, les petites lèvres qui ressemblent à une plaie ouverte, elle change l'alèse qui s'est à nouveau imprégnée de sang sale, et reprend sa température dans l'espoir qu'un chiffre, à défaut d'un visage, pourra inspirer la pitié, « quarante et un », bredouille-t-elle en démêlant sa main de celle de la jeune femme qui dans le même instant la raccroche à sa blouse et la regarde depuis un continent désert, les yeux fixes, « quarante et un », répète-t-elle à l'interne qui est là en espérant qu'un médecin jeune voudra bien consentir à un peu de pitié, mais celui-ci secoue la tête : « Le bloc est plein jusqu'en fin de matinée » lui dit-il en ayant l'air de parler à un veau, elle rétorque : « Pas besoin du bloc mais plutôt d'antibiotiques je crois. » Ce « je crois », elle se l'arrache pour essayer de convaincre en faisant acte de la soumission qu'on attend d'elle, bien avant toute expertise. Elle essaye même de varier la formule : « J'ai l'impression qu'il faudrait juste que quelqu'un vienne l'examiner pour lui prescrire des antibiotiques », ce qui dans ce service où l'on incise et suture, où l'honneur consiste dans le geste d'ouvrir le mystère des corps, ressemble à une offense, un acte aussi vulgaire que de secouer un encensoir ou de jeter du grain à des poules.

Au bout d'un moment, elle comprend que jamais elle ne parviendra à obtenir de l'aide. Elle s'en veut parce qu'elle se dit que si elle était quelqu'un d'autre, peut-être qu'on l'écouterait. On doit la prendre pour une aide-soignante. Elle a beau être dans le service depuis six mois, être connue de tous, elle est considérée comme une aide-soignante qui se ferait passer pour une infirmière. On ne la croit pas. Ou bien elle se reprend et se dit qu'elle a tort de penser que c'est à cause de sa couleur de peau. Toute autre qu'elle pourrait crier la même chose, de toute façon, personne ne veut s'occuper de cette hôte lugubre qui saigne dans une chambre. Qui n'a qu'à continuer à faire ses expériences dans son coin. Si elle veut se mettre des cintres dans la chatte après tout, est-ce que ça regarde l'hôpital public ? Ils préfèrent tourner le dos à la nuit qui s'écoule entre ses cuisses.

Jeanne retourne près de la femme. Sur la chaise à côté du lit médicalisé, elle cherche ses vêtements, ouvre son sac et trouve sa carte d'identité. La patiente a exactement le même âge qu'elle en fait. Et elle est née à Laval, Jeanne sait que c'est en Mayenne, elle se dit qu'elle a dû venir à Paris pour travailler, elle avait besoin de commencer une carrière et pas de s'encombrer d'un gosse, elle ne doit pas être très entourée sur place, en plus. Elle voudrait lui poser des questions et savoir mais la patiente ne semble même plus entendre sa voix. Elle lui prend la main et la nuit passe sans savoir comment, un temps coagulé dans des poils, dans l'odeur de fer et d'alcool. Elle nettoie la vulve, dégage les lèvres des caillots devenus sombres à présent. Elle change l'alèse plusieurs fois encore.

Dans une aube de juin, attablée aux Deux Chattes, elle n'a pas la force d'écrire. Elle note tout juste dans son carnet la date « 15 juin 1972 », suivie de deux mots : « Avortement septique. » Elle n'a pas vu partir Julie qui a disparu dans le matin avec les autres, alors qu'elle aurait voulu lui parler, lui dire quelque chose à propos de sa haine et de son impuissance, comment peut-il ne rester plus que cela, qu'elle n'ose même pas confier à une feuille de papier. Vers huit heures, après avoir écrasé une énième cigarette, elle ajoute sur la page : « Refus de soins. Décès de la patiente à cinq heures trente. »

Jeanne se lève et parcourt les derniers mètres qui la conduisent vers sa fille et ses petits-enfants. En ce jour de juin 2024 où elle est une vieille dame, elle se souvient de son goût pour les petits matins à l'époque où elle travaillait et où elle se sentait plus utile, quand son métier était de soigner les autres. Elle se hâte, et tout en marchant vers eux, vers ces enfants qui sont les siens, elle se souvient de la femme-fièvre. Et d'une attente assez forte pour surpasser le dégoût de cette nuit, de l'envie de tout abandonner et de quelque chose qui était capable de l'appeler depuis l'avenir et prenait aujourd'hui leurs visages, leurs noms.

Quand Jill dépose ses affaires dans son casier à la maternité il est déjà huit heures et demie et elle a honte d'arriver alors que Nora est déjà là, accueillant une patiente pour lui faire les premières surveillances. Elles ne se sont pas vues depuis trois mois et comme le service est calme, un coup de chance qui ne l'exonère pas de son retard, elles prennent le temps d'un café dans le jardin des Vironnes. Nora est silencieuse.

Jill ne l'a jamais vue aussi silencieuse et elle retient un « Ça va ? » qui sonnerait trop fort. Nora est vacataire, par choix de mode de vie et depuis qu'elle la connaît, Jill a l'habitude qu'elle s'échappe pour des missions de quelques semaines à quelques mois en différents points du globe où elle aide à accoucher des femmes dont elle ne connaît pas la langue, dans des pays, des villes et des campagnes qu'elle découvre parfois depuis seulement trois jours et où elle participe aussi à la formation d'autres sages-femmes. Il lui arrive de prolonger son séjour par une randonnée sac au dos, ou sur des bords de mer où elle s'attarde à nager et à lire. Elle a choisi une façon d'exercer leur métier la plus libre possible de toute autorité et surtout, celle qui lui permet de se sentir en possession d'un savoir essentiel en n'importe quel lieu. Elle a été appelée plusieurs fois sur des zones de guerre ou sinistrées, au début de sa carrière : en 2010 en Haïti après le séisme, en 2012 dans des camps de réfugiés au Mali et depuis lors, beaucoup en Inde où elle dit qu'elle a pris conscience que même sans la guerre, la guerre ne cesse jamais sur le corps des femmes. Jill se demande souvent si elle serait capable de faire comme elle et la réponse est non, mais aussi : je ne peux pas à cause de mes enfants, eux qui la font appartenir au royaume des accouchées, des allaitantes, des accroupies à hauteur des manteaux à fermer et des nez à moucher, celles aux corps vulnérables qui ne se déplacent pas, ou mal, qui sont le lieu aussi sûrement que les maisons, les arbres, la route. Elle guette à chaque fois, inquiète, les retours de Nora. Nora rentre de ses missions souvent pensive, et raffermie dans sa pratique qu'elle a débarrassée de certains appareils de mesure, de certains médicaments, ses mains devenues plus sensibles et plus sûres. Ce don qui absorbe la dureté de ce qu'elle voit, la rend légère et gracieuse, et la voir revenir dans le service est attendu par toutes.

Alors que Jill devait accueillir Nora ce matin-là, c'est Nora qui l'attend. Mais surtout, c'est à se demander si Nora est là, ou pas. Son visage est froid.

Ne pas avoir ses règles n'a rien d'un événement pour Marguerite. Le mois de juin et la multiplication des tâches liées à la fin de l'année universitaire lui ont laissé peu de temps pour réfléchir, entre les jurys, les corrections de copies et les réunions pour les futures maquettes de licences et de masters, ainsi qu'un article en souffrance qu'elle a voulu finir de rédiger, enfin, il lui plaît tant soudain de s'occuper à autre chose, lui demanderait-on, son labo, un collègue, d'aller aux quatre coins de la France pour dépouiller les fonds d'archives de tous les clubs de tricot des années 1970, eh bien, elle se précipiterait. Et même lorsqu'elle se rend compte de ce qui lui arrive, quand elle fait le test en pissant, elle ne voit pas vraiment le lien entre son corps et les bandes bleues parallèles. Elle s'y prête une deuxième fois en le laissant tremper dans un verre entier d'urine, le résultat est le même. Son apathie aussi du reste.

Elle passe quelques jours de plus à écrire, à retourner en bibliothèque et à se toucher les seins, qu'elle trouve grossis et tendus, chaque fois qu'elle retourne aux toilettes entre deux piles d'ouvrages. Elle ne parle du test à personne. Grâce à ce procédé, personne ne lui en parle, et cela la renforce dans l'idée qu'il n'y a rien à dire.

Elle lit encore. Les livres qui achèveront de donner à la cohorte des cinquante sages-femmes qu'elle a étudiées, et présentées à Marseille, le relief, les ombres et le grain qu'il lui plaît de leur donner pour son propre livre. Elle cherche à en savoir autant que possible sur ces femmes à travers la pratique aberrante des archives où le vide est la règle et le plein, l'information, l'exception, et avec une passion nouvelle, comme si elle espérait trouver parmi elles celle qui aurait voulu, qui aurait su, le lieu, le regard, les mots et les gestes dont elle a besoin en ce moment. Elle fouille et elle cherche… À qui aurait-elle pu faire appel à l'époque, dans sa situation ? À Mme Ségura, cote numéro PHF/105/12 ? Peut-être que Mme Ségura était une bigote qui voyait dans son métier la mission de peupler la planète et qu'elle l'aurait sermonnée et laissée pour morte plutôt que de l'aider. À Mlle Picard alors, PHF/105/11, ou bien les cotes suivantes, Mme Stephkov, Mme Letourneur ? Lesquelles éprouvaient de la compassion pour les femmes qu'elles voyaient porter leur ventre comme un alien, lesquelles lui auraient prêté secours ? Mme Palatchi, Mme Sablayrolles, Mme Sagardiluz ? On dirait une consœurerie d'arlequines. Leurs noms venus du monde entier sont pleins de crachats, en ces jours de la mi-juin 2024, et sa bousculade électorale.

Ils portent des langues que certains voudraient couper dans leurs bouches, ras la glotte, et qu'une fois devenues muettes ces femmes servent sans frémir, de huit heures du matin à huit le soir, et retour, de huit le soir à huit le matin, qu'elles se lèvent avant l'aube et qu'elles trempent les mains dans l'eau vive des naissances en acceptant de ne pas y mêler les syllabes déclarées étrangères de leurs noms.

L'atmosphère de ce milieu de juin incite Marguerite à enfouir certaines pensées au plus profond d'elle-même, tandis que ces femmes en deviennent les témoins silencieuses. Des jardinières intimes de son angoisse. Elles sont celles qui peuvent entendre sous son crâne cette question qu'elle se pose et se repose : comment peut-on avoir un enfant ? Dans le climat actuel, tomber enceinte lui paraît aussi étrange que de revêtir un voile de nonne ou d'enfiler un string en latex, aussi incommodant que de s'implanter une mâchoire en titane. Ou tout autre acte mutant qui, à bien y réfléchir, serait plus raccord avec la situation. Avec la mutation des rues elles-mêmes. L'altération des visages et des voix dont elle ne sait plus très bien depuis quand elle les trouve différents. Les élections législatives provoquées, la mise aux urnes forcée de ces derniers jours ouvre une béance sur les écrans des téléphones, dans les journaux, les avenues, pour des personnalités politiques, un défilé de gueules qui hurlent en silence. Les écrans se transforment en murs de hiéroglyphes où des hommes et des femmes à tête de hyène et à tête de vautour se font face, le buste raide, et même quand ces gueules restent serrées elle les sent hurler jusque dans la racine de ses cheveux, dans les poils de ses bras. Elle reçoit les images qui les montrent proposant à tout le monde de s'entre-tuer, les extrémités de leurs mains l'une contre l'autre en geste de prière, ou se forçant à mâcher des mots télégéniques dont leurs bouches n'ont pas l'habitude, ce qui les fait baver sur leurs cols de veste, sur leurs chemisiers.

Elle n'arrive pas à ôter ce spectacle de ses yeux. Encore moins dans les gradins des Bouffes du Nord ce soir-là. Son amie Karen, qui est costumière, l'a invitée à voir le dernier spectacle qu'elle vient d'« habiller », selon ses mots, « ça se passe à Venise », et elle a précisé dans son SMS, « un montage d'*Othello* et du *Marchand* ». Marguerite a accepté sans réfléchir car elle éprouve une intimité particulière avec ces pièces pour une raison que Karen ne connaît pas : sa mère les a traduites dans les années 2000. Ce n'est pas sa traduction qui est employée dans cette mise en scène, Marguerite l'a vérifié sur le programme, mais elle s'est sentie poussée vers ces mots comme s'ils avaient le pouvoir de la rapprocher d'elle ce soir, qu'une chance lui soit donnée de la voir apparaître dans le cercle de lumière, vêtue elle aussi d'un des brocarts splendides de Karen malgré ses deux ans de mort. Ça lui ferait du bien ce fantôme, ces jours-ci, et elle la guette dans chaque ombre du spectacle, chaque intonation de ce texte familier. Plus la pièce avance, plus Marguerite se demande si le théâtre le mettrait encore à sa programmation dans le contexte actuel, mais en tout cas cette mise en scène s'est frayée jusqu'ici et aurait plu à sa mère qui pendant toute sa vie aura traduit, beaucoup, mais pas seulement. Officiellement professeure de littérature anglaise à Lille, elle a été d'une génération de femmes universitaires pour qui l'étiquette des études littéraires anglaises et américaines, le costumage en amatrices de romances et en buveuses de thé, était une façon clandestine d'introduire le féminisme sur le terrain académique. C'était une faculté en réalité pleine de poètes, d'historiennes et de philosophes qui n'auraient jamais pu accéder à des postes dans ces disciplines viriles et qui avaient trouvé cette stratégie pour entrer dans les sphères supérieures de l'enseignement en compagnie de Virginia Woolf ou de Gertrude Stein, pourvoyeuses ad libitum de leur force de dérision et de devenir, des roses qui étaient des roses qui étaient des roses au nez et à la barbe de tous les censeurs de l'univers. Marguerite est donc assez sûre que sa mère aurait aimé cette pièce et qu'elle se serait intéressée à la metteuse en scène anglaise, Jade Lawrence, connue pour son port de tête altier enveloppé de turbans de couleur et dont il est rappelé sur le programme qu'elle a un père jamaïcain et une mère hollandaise – mais elle aurait préféré en parler avec elle… Ne pas être tout à fait d'accord, hésiter, et composer peu à peu une vision commune avec les nuances de l'une et de l'autre en buvant un café, en fumant, en se promenant ensemble, tout cela lui manque avec sa mère. Jade Lawrence s'invite dans l'été parisien qui hurle avec cette mise en scène faite de peu, « façon Bouffes », lui a dit Karen : de la sciure sur le sol, une chaise et une table en bois, on dirait d'abord une planche d'artisan, de luthier et on entend derrière une guitare qui commente la scène depuis un coin d'ombre et qui se tait quand la table se transforme en billot de boucher, on y dresse les instruments, couteau, machette, couperet, et un quartier de viande sur une feuille de papier alimentaire. La pièce raconte comment un haut gradé de l'armée, un homme noir intoxiqué par une campagne raciste menée contre lui et par les susurrements irascibles d'un adjoint qui le traite de cocu, écrase les vertèbres cervicales de sa bien-aimée, blanche comme lys, entre ses brunes phalanges. Quant au père de celle-ci, il est juif et, s'en remettant aux lois de la République, il réclame une livre de la chair de l'assassin pour apaiser sa douleur, ce qui lui est dûment accordé – tout le monde hait le Maure – suite à un vote. À la fin de la pièce, le juif repart ayant pesé sa viande, il l'emporte emballée dans le papier de boucher et hâte le pas au travers de la foule des votants qui à présent le hue. Quelqu'un fait tomber son chapeau qu'il n'ose pas ramasser, il se met à courir et le Noir, depuis la cellule où il attend d'être lynché, regarde le vieil homme s'éloigner sous les quolibets. Puis, de ses mains qui ont étranglé Desdémone, il saisit la guitare dans le décor où elle l'attend. Ses gestes sont maladroits. Un bandage taché de rouge ceint sa taille à l'endroit de sa blessure mais il parvient à attraper aussi une chaise qu'il traîne sur le devant de la scène, et se met à pincer les cordes. « N'ai-je des bras, des organes que pour les vendre ? » demande-t-il. Et d'une voix faible qui se fond bientôt dans un fredonnement sans mots, sans qu'on sache très bien s'il s'adresse au public ou à lui-même : « N'ai-je pas des mains pour caresser et une bouche pour chanter ? »

Pendant toute l'heure où elle observe les artistes vêtus par Karen, leurs corps qui palpitent dans la cavité rouge de la scène, Marguerite a le temps de décider qu'elle dira à Karen qu'elle est enceinte, à elle plutôt qu'à quiconque, pense-t-elle, toutes deux ne sont pas proches mais cela peut en faire un atout, qui sait, elle parviendra à lui confier quelque chose qui ne s'entrave pas d'une relation déjà trop tempérée et elle a confiance en cette fille, d'une façon inexplicable, celle-ci semble sortie du mur rouge du théâtre, on dirait qu'elle aussi est vêtue de satin, ses cheveux bouclés rassemblés comme ceux de Jade Lawrence dans un turban, les bras nus et les poignets vibrant de bracelets, elle est belle, elle saura.

Elles s'assoient toutes les deux après le spectacle dans un des restaurants indiens du quartier où Karen a ses habitudes. Elles s'installent entre le ventilateur et l'aquarium. « Peut-être que c'est en mangeant ici que Peter Brook a eu l'idée d'adapter *Le Mahabharata* », propose Marguerite affamée en ouvrant la carte pour y choisir une assiette de samosas et un curry de poulet, et en se réjouissant déjà de croquer dans un nan au fromage. Karen commande la même chose, et à boire, une Tiger – ce que Marguerite ne fait pas, à son propre étonnement. Elle n'attend pas longtemps pour parler. « Comment ça, tu es enceinte sans faire exprès ? – Comment ça comment ? » interroge Marguerite qui compose une réponse hybride entre sentiments et biochimie, à propos du fait qu'elle n'ait pas d'amour de longue durée, que donc elle ne s'oblige pas à prendre la pilule et que la régularité de ses rapports étant très peu fiable, elle s'en remet à d'autres moyens c'est pour ça que… Elle s'interrompt. Karen secoue la tête, et au passage les bracelets sur ses bras s'entrechoquent quand elle trinque à la gloire des vagabondages de Marguerite. « Ce n'est pas ce que je veux dire. Mais toi, tu te fais encore pénétrer, à l'heure actuelle ? » Le rouge – elle qui croyait pouvoir prononcer et recevoir tous les mots du sexe dans un demi-sourire immobile de Joconde –, le rouge lui monte au joues. « Pas toi, jamais ? » Karen se laisse le temps de déguster encore une gorgée de Tiger, hausse les épaules. « Maintenant, je les préviens, franchement. Tu veux pénétrer, bah dans ce cas c'est réciproque, toi aussi tu te laisses pénétrer. Tu verras ! Ça les fait réfléchir. Ils le font moins souvent après ça. Au début, ils acceptent, ils croient qu'ils sont ouverts, ils se laissent mettre un doigt moi j'aime bien, ça les change, c'est doux, ça les rend différents dans leurs réactions. Mais au bout d'un moment quand ils ont compris, ce que ça fait, de se laisser faire comme ça, d'être celui qui écarte, avec un corps étranger dedans à chaque fois... À chaque fois ! Ils arrêtent. En vrai ils te disent d'arrêter, d'accord on fait autre chose, et ils te font d'autres choses, c'est là que ça devient vraiment bon, pour les deux... » Karen continue de scruter Marguerite comme si sa grossesse commençait à vue d'œil sur son visage, et Marguerite gagnée par ce regard se sent révélée en assemblage de vaisseaux et de muscles, de muqueuses et de peau, d'os et de cartilages dont les possibilités la rendent à elle-même étrange et infinie. Karen poursuit : « Et puis moi j'ai déjà un enfant ! Ça va bien ! Ça suffit... Alors que me faire lécher tu vois, qu'ils apprennent vraiment (vraiment !) à te toucher, à te faire enfler les petites lèvres, à glisser le bout du doigt sur ton bouton de rose, tes seins, voilà ! Dans ce cas, ça change un peu ! Sérieux, ça change. » À gauche de Marguerite, à droite de Karen, les poissons du bocal tropical, minuscules et nacrés par les éclairages, traversent maintes et maintes fois les traînées de bulles qui maintiennent l'oxygénation de l'eau. Karen soupire. « Un enfant, sérieux... Qui tu rencontreras de plus beau ? Tu as quel âge ? » « Quarante. » Elle voit la moue sur le visage de Karen, son air d'évidence, prend les devants : « Arrête, ce n'est pas une raison. Je suis hyper seule en plus. Mes parents... Je n'ai même pas ma mère... » Karen hoche la tête : « Ce n'est pas la question. Le moment idéal personne ne l'a rencontré, on aurait fait cette soirée il y a cinq ans, ta mère serait là et tu m'aurais dit que tu étais en campagne pour un poste de titulaire, ou que sais-je. Pourquoi pas que tu voulais d'abord tomber folle amoureuse pendant que tu y es… Je sais, je sais, je m'en mêle, mais même si tu ne l'as pas fait exprès ça ne va pas le rendre moins mignon ni moins fatigant, ton bébé. Je veux dire, tu n'as rien raté si tu le prends comme il vient. Si tu renonces, tu le regretteras. La mienne elle a déjà sept ans, ça passe tellement vite, tu verras… Par contre, il va te défoncer l'hymen…

— Non, Karen. Mon hymen ça fait longtemps…

— Ah non, t'as rien vu. Ton hymen il est tranquille, là. Quand le petit va passer la tête… Mais bon ça vaut la peine, c'est sûr que ça vaut la peine.

— Je t'ai déjà dit, je ne suis pas sûre que je veux.

— Il va te faire avoir des points. T'auras des points, c'est sûr… Tu verras si après ça tu veux toujours de la pénétration, ou si tu veux autre chose. Mais c'est pas une grosse perte après tout parce que la pénétration, c'est très répétitif quand même. »

Les poissons les observent latéralement, d'un œil puis d'un autre, et leurs lévitations aquatiques dessinent des signes illisibles. Karen cogne sa bière contre le verre d'eau que Marguerite porte à ses lèvres : « Moi mon conseil c'est : tu gardes l'enfant, t'arrêtes la péné. À toi la vie.

— En plus je ne suis pas sûre de savoir qui est le père.

— Eh bien choisis. Lequel est ton préféré, entre les deux ? »

Marguerite regarde les poissons dans leur sillage de bulles fluorescentes. Elle corrige : « Entre les trois. »

Karen sourit, hausse les épaules :

« De toute façon, ça n'a aucune importance. Puisque tu vas l'élever toute seule. On finit toutes par les élever seules, voire on ne fait que ça, depuis le début. Regarde nos mères : comment elles ont fait ? Aucune aide d'un mec. Jamais. Pitié, ne t'embarrasse pas de l'un d'entre eux en plus, et d'un scénario long et rébarbatif de rupture. Ils sont tellement collants après… Si tu veux avoir la moindre chance de te séparer, tu vas devoir te retrouver à lui laisser l'appartement. Sans compter qu'il demandera la garde alternée, tu verras, depuis la crise du marché de l'emploi c'est une vraie manie. Il leur faut je ne sais combien de temps hebdomadaire et se mêler de tout, tu seras forcée de le revoir à tout bout de champ… Non, commence seule tout de suite. »

Elles rentrent ensemble dans la nuit d'été où persiste une bruine agaçante, enjambent les rails de la gare du Nord puis le canal Saint-Martin et s'arrêtent au-dessus de l'eau, la contemplent. Les hommes et les femmes hyènes et vautours de la campagne électorale hantent les rues, elles croient les entendre remuer les caniveaux et fouiller les poubelles, les apercevoir en train de peindre sur les murs des croix gammées, des étoiles de David ou des mires de fusil, et allumer des feux dont ils égraineront à l'aube, sur les chaînes d'information en continu, les noms de ceux qu'ils accuseront de les avoir provoqués. Elles marchent vite, et se sentent à l'abri dans un endroit qui n'est bientôt rien d'autre que toutes les deux. Cela fait belle lurette qu'elles se tiennent par la taille, elles se sont accordées en rythmes, en odeurs et en souffles, et il n'est pas difficile de se rapprocher. Elles prennent la direction de chez Karen presque sans se le dire. Juste un hochement de tête l'une à l'autre à l'endroit où, sinon, elles se seraient dit au revoir, bonne nuit mais où, en fait, elles se mettent à suivre une autre ligne, tracée par une main qui n'infléchit pas seulement leur trajectoire, qui émeut aussi leurs cuisses et leurs lèvres, leurs ventres et leurs propres mains qui se glissent sous leurs tee-shirts, dans leurs jeans.

Les lèvres de Karen, qui s'ouvrent au seuil de sa porte, ont un doux et un humide dont Marguerite ne sait bientôt plus si elle le tient dans son regard ou sous ses doigts, quand elle approche son visage ou ses hanches ou même s'il s'ouvre en elle ou en Karen. Leurs quatre seins et leurs ventres se rencontrent dans une joie limpide, une surface de soie dont l'envers s'humecte à l'infini, depuis une source qu'on ne perçoit pas mais qui jamais ne tarit et d'où naissent d'autres corps aux seins pareils aux leurs et différents, aux hanches semblables et différentes, un plaisir réverbéré dans un millier d'autres seins et hanches, d'autres parois humides et de pierre polie glissant sous leurs doigts. Marguerite froisse les poils à la naissance de cette baignade miraculeuse.

Cette amoure stérile la ravit et la comble et dans les jours qui suivent, elle se demandera si ce n'est pas finalement là, en regardant Karen, en la touchant, qu'elle est tombée enceinte. Du point de vue du calendrier ça n'a pas de sens, une bonne quinzaine de jours trop tard, et sur le plan biologique l'idée est carrément désinvolte mais d'après elle, c'est leur rencontre qui lui a permis de se formuler son état. De s'appliquer l'expression « attendre un enfant » et de pouvoir la lire à l'envers dans le mot « avorter ». Désirer ou ne pas désirer, se regarder dans la galerie du Temps au travers de ses glaces tranchantes, étincelantes, qui la montrent tenant contre sa poitrine un être minuscule et irradiant, ou bien juste ses bras ouverts pour d'autres qu'un enfant, des images qui se contredisent, mais qui toutes lui renvoient sa nudité et son contour intacts.

Un peu plus tard dans l'été, un soir, Jill et Nora rentrent ensemble après une garde. Nora habite elle aussi dans l'est de Paris et elles ont traîné toutes les deux jusqu'à plus de vingt et une heures dans le service, trop de patientes qu'elles avaient suivies depuis le matin sont encore là et elles restent pour remplir leurs dossiers, passer le relais aux collègues. Elles sortent dans la nuit qui commence à griser le ciel, et dans laquelle elles allument ensemble la dernière cigarette de leur garde. Elles regardent les geais qui se posent sur la pelouse en célébrant eux aussi la tranquillité retrouvée des Vironnes, plus de visites, plus d'allées et venues de camions de livraison, juste des gardiens de la nuit dans leur genre demeurant sans cesse derrière la frontière de la forêt-hôpital, auprès des patients.

Tant qu'elles marchent jusqu'au métro, Nora est silencieuse. Son esprit se balade quelque part en arrière, Jill s'en rend bien compte et s'abstient de lui poser des questions. Quelque chose est en train d'émerger de l'obscurité, qui attend l'allumage de lumière blanche du champ opératoire. Au bout de quelques stations, Nora dit seulement : « Un jour j'ai dû gérer seule neuf naissances dans la même journée, dans un centre qui s'était retrouvé près d'un impact la veille. Deux bébés étaient morts in utero et les autres, je ne savais pas trop. Il y avait un truc bizarre à chaque fois. » Sonnée par la journée de garde qui reflue, Jill barbote déjà dans ses rêves quand Nora prononce ces mots. Elle explique tout ce qui ne va pas : « pas le temps de changer les lits », « presque que des prématurés », « césariennes en urgence ». Tout cela, Jill peut le deviner, mais il y a autre chose, que Nora a gardé en elle au-delà de ses forces et Jill a peur soudain dans le fracas du métro qui file sous la terre. Elle n'a pas envie de savoir. Elle voit en pensée les berceaux partagés par deux, trois nourrissons à la fois aux visages de vieillards, aux peaux tendues et ridées sur leurs os comme des ailes de chauve-souris. Elle pense à ceux qui naissent du corps d'une mère morte. Qui se recroquevillent dans des utérus qui manquent de liquide amniotique. Non, elle n'a pas envie de savoir, de rester avec ces images qu'elle ne pourrait pas changer, auprès de ces corps auxquels elle ne peut pas porter secours et dont elle taira l'existence auprès de ses enfants. « Je vais te dire. Je n'ai même pas eu le temps de prélever les lactates ou de pratiquer les scores d'Apgar, je courais partout et tant qu'ils respiraient je me suis dit ça attendra, je vais voir une autre mère, puis une autre, je pouvais pas me poser… Seulement au bout de la journée j'ai été relayée, par chance, et avant de rentrer j'ai décidé d'aller enfin les voir, les sept bébés qui étaient en vie et alors j'ai fait les gestes de contrôle, j'ai repris leur température et les autres constantes, le rythme cardiaque, le taux d'oxygène, et je leur ai donné des vitamines. Et tu vois, ça allait, j'ai trouvé des chiffres normaux mais malgré ça je trouvais tout bizarre, ils me regardaient bien, ils bougeaient bien, je me suis dit tu cherches le mal, Nora, ils sont là et bien là ils vont vivre, tu devrais être contente. » Le calme vient dans le récit de Nora, il y a moins d'arrivées le soir – à partir de seize heures, plus aucune femme ne se déplace jusqu'à l'hôpital, des naissances continuent sans doute dans le camp de réfugiés et les immeubles damnés tout autour mais au dispensaire le rythme ralentit, les bébés cherchent le sein et tant bien que mal, le sommeil gagne son royaume. On entend même une berceuse : « Une des mamans a commencé à chanter et je me suis approchée, j'ai vu le visage du petit. Il ne bougeait pas. Je me suis dit encore, c'est normal, Nora, c'est un nourrisson, sa mère il a l'impression qu'elle chante dans un nuage et que ce nuage c'est lui, il ne fait pas la différence, ils sont ensemble dans le nuage, dans la chanson. Mais c'était autre chose que ça, pas comme d'habitude… Je n'ai rien dit à la maman et avec le matériel qu'on avait, je ne sais pas pourquoi mais on l'avait, je m'en suis souvenue à ce moment-là, je suis allée voir un autre bébé. Et un autre. Avec la sonde, pour faire le test dans l'oreille. »

Elles se quittent à la station Belleville, Nora a encore un arrêt devant elle, Jill se hisse jusqu'à la surface de la terre à présent plongée dans la nuit, elle se fraye un chemin jusqu'à son immeuble, et la chambre de ses enfants endormis. Elle boit une tisane avec Jeanne qui lui tend aussi une assiette de fromage et du pain, elles bavardent. Tout est si normal. Jill ne sait pas si elle a besoin de répéter à Jeanne ce qu'elle a entendu ou de se taire, de se laisser remplir d'autres paroles qui sont le récit de la soirée et de ses événements microscopiques et sereins. Il y a une machine à étendre, se souvient-elle en raccompagnant Jeanne sur le seuil et en l'embrassant, elle l'a lancée au petit jour et ce serait bien de mettre tout à sécher avant la nuit. Va pour le linge, elle s'en trouve même apaisée, de pouvoir passer dix minutes à étendre un à un les petits tissus dans lesquels se rappellent les corps de César et de Daniel, ces drapeaux humides d'enfants vivants, et tandis qu'elle déploie un à un les vêtements sur les branches du sèche-linge, elle retrouve en elle la voix de Nora qui lui explique qu'ils étaient sourds : « Le premier était sourd, et le deuxième aussi. Et l'autre aussi et l'autre, ils l'étaient tous. Comme si la bombe était tombée directement dans leurs tympans et qu'elle avait explosé là, dans leur tête. Je les ai contrôlés tous sauf le bébé de la dame qui chantait, qui chantait toujours. Quand j'ai fini de contrôler elle chantait encore, auprès de son bébé qui recevait dans son corps le rythme de sa maman, ça le rendait heureux, ça se voyait mais il n'entendait rien, je te jure, ça se voyait aussi qu'il n'entendait rien. »

Chaque jour, Marguerite se dit qu'elle pourrait prendre rendez-vous. Est-ce que ça ne devrait pas être possible, de trouver un cabinet de sages-femmes à Paris, dans son quartier, ou dans un centre ? Chaque jour Marguerite y pense et chaque jour elle renonce. Elle va sur Doctolib et cherche les rendez-vous libres en consultation IVG. Elle les regarde stupéfaite sur la plateforme, des échelons d'horaires sur lesquels elle pourrait inscrire son nom sans problème, plusieurs jours par semaine. Elle n'habite pas vraiment un désert médical et elle peut trouver une consultation gynécologique, une IVG médicamenteuse, y compris commencer une rééducation du périnée sans prendre le métro si ça lui chante.

En ce mois de juillet 2024, la ville est devenue à la fois plus vide et plus pleine, les gradins et les tribunes sans spectateurs et les barrières de sécurité sans flux de touristes donnent l'impression qu'elle n'est qu'un gigantesque décor peint. Tous ceux qui ne se sont pas encore enfuis attendent les Jeux olympiques dans un climat irréel, événement dont on a déjà tant parlé dans les médias qu'il pourrait aussi bien avoir déjà eu lieu, une statue du Temps trop dorée et trop musclée, avec des pectoraux et une protubérance pénienne plaquée dans son Lycra, à la romaine, qu'elle a autant hâte d'acclamer que de balancer dans la Seine.

Marguerite s'attarde. Le semestre est fini, les étudiants sont partis, rien ne l'oblige ni à rester ni à s'en aller et cela fait toute la saveur d'être ici. Elle prend plaisir aux balades dans la ville dépaysée. Elle passe de longues journées aux archives ou en bibliothèque, plus longues encore des détours qu'elle fait jusqu'à chez elle, à pied, avant de s'endormir confite dans sa sueur à des horaires d'enfant : à vingt et une heures elle est déjà loin dans le sommeil. Elle n'a jamais éprouvé de fatigue aussi jalouse, qui l'absorbe tout entière et d'un seul coup, sans même lui laisser le temps de prendre une douche. Chaque jour, Marguerite se jure de prendre rendez-vous pour se débarrasser de cette torpeur, de cette permanente envie de vomir et de la sensation d'être devenue le terrain de jeu du hasard, un simple fruit humain.

Elle essaye de voir Karim. Plusieurs soirs, elle frappe à sa porte mais il n'est pas chez lui. Elle finit par se rendre rue des Orteaux à son restaurant, qui est fermé. Il a tiré les rideaux derrière la vitre sur laquelle il a écrit en blanc, à la peinture d'ombrage : « Fermé pour cause de chagrin ». Elle reconnaît bien là son style. Il aurait pu ne rien afficher, mais il préfère que ses clients soient prévenus, et comprennent. Il aurait aussi pu écrire « pour cause de désespoir ». Mais il ne veut pas non plus les accabler. Elle lui envoie un SMS pour lui dire qu'elle pense à lui et une longue semaine passe où elle reste sans réponse. Enfin, ce message : « Suis près de Londres avec famille restante. Ils parlent arabe, anglais et turc mais moi je ne comprends plus rien. Plus envie. Je tiens ton visage entre mes mains et je regarde ta bouche. Prends soin de toi. Je t'embrasse. »

Est-ce que la révélation de son état concerne Karim ? Est-ce que cela apporterait quelque chose de léger ou de grave, est-ce que la situation – pour lui, pour eux deux ou d'autres qu'eux-mêmes ? – serait meilleure ou pire à cause de ça ? Une plume de mésange qui se pose sur le marbre d'une pierre tombale : est-ce qu'on peut dire que celle-ci ajoute, ou enlève quelque chose au malheur ? À ce que ses pattes piétinent. Et quelle serait l'information, au juste ? « Je suis enceinte » est le seul fragment sûr. Marguerite imagine qu'elle devrait ajouter « peut-être de toi mais je n'en suis pas certaine », ce qui n'encourage pas la confidence, et « je ne sais pas si je vais le garder » n'aide pas à lui dire quoi que ce soit.

À qui pourrait-elle parler ? Marguerite repense à son père, mort d'une maladie neurologique il y a cinq ans. Quand elle était enfant, il ne s'occupait pas beaucoup d'elle, c'était une époque où les pères avaient autre chose à faire que de s'occuper des enfants, mais de temps en temps il l'emmenait au musée et au cinéma. En 1995, l'année de ses douze ans, ils étaient allés ensemble voir l'exposition *Six Milliards d'hommes* sur la démographie mondiale, au musée de l'Homme, et observer le compteur hissé sur la place du Trocadéro – pile à l'endroit où elle s'est rendue il y a quelques mois pour suivre les discours des parlementaires et le vote sur l'inscription du droit à l'IVG dans la Constitution. Un compteur digital géant, qui permettait de suivre en direct l'augmentation de la démographie planétaire. Si Marguerite pouvait revenir aujourd'hui avec son père, ce compteur marquerait non pas six milliards et des centaines de mille, mais huit milliards deux cent mille et quelques – plus un, en comptant son père revenu d'entre les morts sur convocation de sa fille. Elle le verrait apparaître sur la droite du cadran. Le chiffre lui semble encore plus fascinant par sa fin, par le marquage des unités qui s'additionnent à toute vitesse dans sa traîne. Lorsque son père est né, juste après-guerre, ce chiffre était d'environ deux milliards, un peu au-dessus peut-être, on irait vers deux milliards et demi après cinq ans de baby-boom qui feraient aussi apparaître sa mère, deux milliards et demi tout mouillés. Il n'y avait pas encore de quoi s'éberluer mais la sensation était là déjà d'une croissance qui faisait basculer la planète et aussi, de certaines compétences suicidaires qui prenaient la même amplitude démesurée : le chiffre venait tout juste d'être amputé des cinquante à soixante-dix millions de morts de la guerre parmi lesquels, à l'âge de douze ans Marguerite le savait déjà très bien, il fallait compter les six millions de juifs dont certains étaient ses ancêtres, et les nombreux oncles et tantes, cousins et cousines de ses deux parents, qu'ils ne nommaient jamais. Les six milliards de ses douze ans avaient toujours résonné pour elle avec ces six millions qui avaient englobé sa famille et avec ces millions de morts de la guerre qui la faisaient naître au sein d'une humanité capable de s'accroître et de se mutiler dans des proportions aussi titanesques, à coups de guerres et de meurtres. Elle se sentait déjà une responsabilité accablante devant les graines humaines s'accumulant dans le compteur, la mettant au défi de faire quelque chose, mais quoi ? Sa main dans la main de son père, elle avait regardé le chiffre en train d'augmenter, un clignotement affolant de fourmilière dans sa partie droite et l'inertie d'une stèle gravée à gauche, qu'est-ce qu'elle pouvait bien faire là-dedans, elle, une jeune adolescente qui n'avait pas de seins, pas encore ses règles, est-ce qu'apporter un chiffre de plus attesterait de sa bonne volonté, ou bien cette contribution lui serait-elle extorquée malgré elle, par habitude, par effet d'entraînement du compteur ? Puis confisquée par on ne sait quelle circonstance cruelle dont elle ne savait pas encore le nom ? Cette mécanique lui avait inspiré une forme de peur. En visitant l'exposition, elle avait découvert toujours plus de chiffres sur la durée de vie des humains autour de la planète, le nombre d'enfants moyen par femme, et chacune de ces statistiques lui paraissait aussi lointaine qu'une étoile morte, tout en lui enjoignant d'en prendre sa part et d'agir sans qu'elle sache comment. À la sortie se trouvait une borne devant laquelle les gens faisaient la queue et à son tour, elle était allée y imprimer le ticket résumant le bilan de son temps de parcours avec son heure d'entrée et de sortie de l'exposition, l'effectif de la population mondiale à chacune de ces deux extrémités, ainsi que le nombre d'humains qui étaient nés et morts dans l'intervalle.

Elle aimerait appeler ses parents, ça l'aiderait à réfléchir à sa situation. Ils auraient les mots et le regard. Ou bien peut-être se dit-elle une chose pareille, qu'ils auraient un avis pertinent, juste parce qu'ils sont morts. C'est facile de leur prêter toutes ces qualités maintenant qu'ils reposent en terre. Que penseraient-ils de ce qui se passe ces jours-ci, de tous ces juifs massacrés en une seule journée et de ces juifs massacreurs depuis toute une année ? Les familles de son père et de sa mère étaient des survivantes mais de toute l'histoire de l'évolution, il n'existe pas plus invisible caractère acquis. Pourtant ces jours-ci, quand elle consulte les informations, quand elle se lève le matin et qu'elle se couche le soir, Marguerite a l'impression que dans un autre pays qu'elle n'a jamais vu, une femme grimée pour lui ressembler, une femme qui a volé ses empreintes digitales et son nom tue des milliers d'inconnus jour et nuit en se faisant passer pour elle. Elle aimerait parfois pouvoir la coincer et lui trancher la gorge ou l'éventrer dans un endroit discret avant que cette autre ne la tue elle, Marguerite, une orpheline de père et de mère juifs n'ayant jamais su trois mots d'hébreu et dont certains aïeuls n'ont pas de sépulture. Elle qui a voulu faire de l'histoire pour essayer de guérir du sentiment d'impuissance devant les masses anonymes qu'elle avait éprouvé petite fille sur la place du Trocadéro, qui pensait s'être donné quelques moyens pour conférer aux vivants et aux morts une juste place, se sent soudain emportée par la vitesse du crime et mise en demeure d'en répondre.

Chaque jour elle se dit qu'elle pourrait prendre rendez-vous, et chaque jour elle renonce. Elle continue de consulter les créneaux disponibles sur Doctolib. Elle trouve un site Web qui permet de calculer son calendrier de grossesse et se rend alors compte qu'elle est passée hors délai pour la méthode d'IVG médicamenteuse. Elle retourne plusieurs fois par jour faire le calcul automatisé, elle finit même par le faire à la main sur une feuille de papier où elle inscrit la date de ses dernières règles. Comme elle n'a pas touché un corps masculin depuis son retour de Marseille, et qu'elle entretient depuis une mélancolie amoureuse désertifiante à cause de Sam, radicale et à son sens ridicule, elle est forcément enceinte depuis la mi-mai ce qui veut dire qu'il lui faudrait déjà avoir recours à un avortement instrumental. Être spécialiste de l'histoire des femmes, des accouchements, des règles, de l'obstétrique et des avortements lui fait une belle jambe enfin, « Les cordonnières sont les plus mal chaussées ! » lui dirait sa mère si elle aussi n'avait pas eu l'idée de mourir il y a deux ans, d'un cancer, et de l'abandonner à son tour devant l'enjeu reproductif. Sa mère n'a jamais été avare de la mettre devant ses contradictions et, comme si c'était elle qui composait en personne l'algorithme conseils-de-mère en train d'agiter son fil Facebook, Marguerite la remercie en regardant pleuvoir les publicités pour les compléments alimentaires indispensables aux femmes enceintes, les couches, les huiles anti-vergetures et le lait en poudre bio qu'ont provoquées sa navigation sur les sites Web de maternité et de grossesse. Le même calendrier automatique lui donne précisément la date de son terme qui arrive à la suite d'un échelonnement de semaines, il y en a tellement, tellement lui semble-t-il et à la fois si peu, des petites semaines de rien du tout, un vrai minutage, un sablier d'œuf à la coque. Enveloppée dans la fumée de cigarette de sa mère, elle cherche des yeux la ligne pour la quatorzième semaine qui représente le délai maximum autorisé, et tombe au milieu d'août, vraiment pratique, bravo, « Il doit y avoir des tonnes de centres IVG à Plougastel, dans les Corbières ou dans les Cévennes... », ajoute sa mère en lui frictionnant les cheveux, « D'ailleurs tu pars où en vacances, ma chérie ? » Elle n'en a aucune idée. Elle a l'habitude de se décider tard, d'aller rejoindre des amis ici et là. En vérité, elle espérait partir un peu avec Sam, comme chaque année, en Italie du Nord ou sur un bord de Méditerranée, et elle ne s'attendait pas à ce qu'il rentre aux États-Unis aussi tôt. Cette question n'a pas coutume de l'affoler, mais là… Et rester à Paris, juste pour continuer à hésiter ? Quel plan magnifique : être chez elle, se sentir obligée de travailler sans y parvenir, regarder tous les jours s'il y a des rendez-vous libres pour elle à l'hôpital et ne pas trouver de place en terrasse ou dans un parc à cause des touristes ? « Tu pourras toujours suivre le sport à la télévision… », renchérit sa mère dont le goût de rire, Marguerite le déplore un peu tout en trouvant ça plutôt un atout là où elle est, a toujours eu plus d'influence que la fibre empathique, « ou te mettre au javelot ? À la boxe, au sprint ? ».

Elle est bientôt tout à fait seule à Paris, entre quelques coups de fil d'amis, et cela lui convient très bien. Chaque jour, elle échoue à écrire quoi que ce soit mais elle lit, avec une ferveur qui la surprend elle-même. Jamais elle n'a éprouvé de satisfaction aussi grande dans l'alignement des mots sur la page et celle des couvertures de livres sur les rayons des bibliothèques et des librairies. L'idée de passer un seul jour sans une chose à lire, un flux de mots extérieur à faire entrer dans son propre flux de pensées lui est devenu insupportable et les achats s'accumulent dans son deux-pièces, d'ouvrages qu'elle tente d'adapter à tous les états, à toutes les circonstances possibles. Mais ce qu'elle recherche de plus en plus, ce sont les romans policiers. Elle se spécialise dans les couvertures noires, s'enfonce dans leur goudron : au début, des meurtres isolés qu'explorent des détectives aristocratiques, un ratio un mort-un enquêteur, puis des tandems de flics devant des bandes de trafiquants, enfin des escadrons entiers devant une humanité dévouée corps et âme à son suicide collectif. Au moins ces lectures sont-elles d'aplomb avec l'actualité de ce début juillet 2024 qui entre elle aussi dans ce flot, une image du monde qui charrie de plus en plus de cadavres résultant d'actes qui surpassent tout ce que les mots ont jamais pu dire, avec le temps d'avance qu'aurait une lumière noire sur son étoile noire, ainsi que des mots, englués dans les milliers de filaments de cette image, propos captés et réfractés à l'infini qui humilient la pensée tant ils semblent loin de pouvoir formuler quelque chose contre ces crimes, ou qui les encouragent.

Elle ne sait pas exactement de quand date sa dérivation vers des lectures aussi âpres et son désengagement de la presse mais quelque chose s'est passé, justement, aux alentours de son début de grossesse. Elle s'est mise à devenir malade des informations y compris les plus anecdotiques. Même quand elles sont de pures communications comme l'idée que, si un enfant lui naît dans sept mois, celui-ci pourra faire un check-up de fertilité gratuit quand il aura vingt ans et si c'est une fille, elle pourra demander une aide à la Sécurité sociale pour congeler ses ovules. C'est une idée que le président de la République a lancée dans un magazine féminin, début mai, c'est-à-dire il y a un siècle, assortie d'une proposition pour que les pères séparés soient obligés de rendre visite à leur progéniture, rendant donc leur fréquentation incontournable pour les femmes qu'ils ont quittées ou qui ont décidé de les quitter – laquelle proposition est passée crème dans l'hebdo, en jet tiède à la figure de la lectrice ouvrant ces pages. La ministre des Droits des femmes, que Marguerite suit plus attentivement depuis le colloque à Marseille où son nom a été prononcé avec tant de déférence par la directrice de laboratoire Ariane Geoffroy, s'est empressée de relayer ce projet, au milieu d'une campagne qu'elle mène « sur le terrain » – *id est*, en rencontrant des préfets – contre « les violences sexuelles émanant des hommes immigrés ». Tout en épandant le plan nataliste présidentiel, la ministre s'est abstenue de mentionner les retards qu'accuse la France en matière de droit à la procréation médicalement assistée, notamment l'interdiction de dépister les embryons porteurs d'une trisomie ou d'un risque systématique de fausse couche avant de les transférer dans les utérus des femmes : malgré la technique disponible, et le fait que celle-ci soit mobilisée dans la plupart des pays d'Europe. Le Parlement français a donné tribune à un festival d'associations catholiques « pro-vie » qui ont hurlé à l'eugénisme, au tri génocidaire, à l'outrage à blastocyste (l'unité cellulaire épaisse de deux cents microns sur laquelle se pratique le test), et qui ont demandé et obtenu l'implantation des embryons dans les utérus des patientes sans contrôle préalable, quand bien même le dépistage devient légal au bout de trois mois sur ce qui est désormais un fœtus bien développé, doté de quatre membres, d'une tête et de ses organes au complet.

Les femmes françaises n'ont qu'à subir un premier trimestre à l'ancienne, gester à la mode de leurs grands-mères, vomir et avoir envie de dormir douze heures par jour le temps de savoir si oui ou non la grossesse est pérenne, ou mieux, subir l'hémorragie et les contractions d'un avortement spontané – et pourquoi pas marcher à genoux et se verser de la cendre sur les cheveux, ajoute Marguerite –, le temps d'avoir accès au dépistage légal de la trisomie à douze semaines qui aboutira peut-être à une IVG médicale, enfin autorisée au bout de tous ces efforts. Cela ne se fait dans aucun autre pays d'Europe, même les plus catholiques, y compris en Espagne chez les descendants de l'Inquisition, ni même en Italie néo-fasciste, au pays du pape où la Cour constitutionnelle a forcé les médecins à autoriser la pratique, mais la France elle au moins a ses néo-médias, néo-bretons et néo-tradis qui veillent, et ses députés à leur écoute.

Marguerite ! Marguerite repose-toi, arrête cinq minutes s'il te plaît. Il faut qu'elle cesse de penser comme ça. D'avoir un esprit aussi négatif. Qu'est-ce que ça lui apporte ? Il lui faut un dérivatif ou quelque chose qui aimante ses pensées par le pire, qui ringardise les horreurs réelles. Les romans policiers sont faits pour ça. Elle apprécie cet univers où la mort et l'enquête sur la mort sont les activités principales. Elle y trouve une honnêteté reposante, ou qui flatte sa paranoïa de façon reposante. Sa pulsion de faire des liens à qui mieux mieux entre des phénomènes morbides plus ou moins éloignés y trouve un biais satisfaisant et ça la calme, les choses se combinent agréablement entre les phénomènes et leurs symptômes, entre les causes et les phénomènes. Dans certains cas extrêmes, ces liens s'absentent, la mort survient comme un spectacle fascinant auquel on ne peut rien, c'est une mort-qui-pousse, qui éclate à tout bout de champ sans rime ni raison et ça aussi, ça la repose. Elle explore, et contemple.

D'ailleurs, elle ne savait pas qu'un Maigret pouvait se passer en plein été. Elle a toujours vu la vaste charpente du commissaire drapée d'un costume de laine et d'un imperméable, ça la trouble à présent de le voir en bras de chemise, d'essuyer ainsi la sueur à son front. Ça va aller, commissaire ? Son odeur de Cologne et de tabac, plus intense que d'habitude, lui donne un peu envie de vomir. « Maigret ôta sa veste, s'épongea le front, puis demeura de longues minutes à regarder. Derrière lui, la porte avait claqué sous l'effet d'un courant d'air hostile. Il sentit de la gêne à être enfermé avec le corps. Du dégoût et même au-delà du dégoût, une sensation de colère qui venait de loin, hors de contrôle, vis-à-vis du corps inerte. Il s'assit près du visage blême. Elle avait été pomponnée, la pauvre, on avait fait ce qu'on avait pu pour la rendre au souvenir de l'amour. Il lui semblait qu'une odeur âcre montait encore du ventre saccagé de la jeune femme. » Marguerite tend encore un verre d'eau au commissaire, c'est vrai que cette affaire d'aiguilles et de vulves profanées doit être un peu éprouvante pour lui. On est sous l'Occupation, et un jeune baron joueur de polo et amateur de courses vient de faire avorter sa maîtresse. Enfin, elle est morte, c'est la chose qui est sûre. Maigret n'a pas de preuve que le baron l'ait forcée, mais ses soupçons sont éveillés par l'acharnement dont il témoigne pour faire coffrer l'avorteuse : son désespoir est excessif pour un tel amateur de carrosseries, et son désir de vengeance plus encore. Maigret n'a aucune intention d'être à son service, mais il se dit qu'en mettant effectivement la main sur celle qui a commis le geste, il obtiendra des explications. Il pense au début que ce sera facile parce que, d'après ce qu'on l'oblige à comprendre par une suite d'insinuations et de mots codés sans merci, cette femme est juive. Elle ne voudra pas davantage d'histoires, se dit-il. Et la chance fait semblant de lui sourire : elle prend la forme d'une lettre de délation qui arrive au commissariat le lendemain du décès, une lettre en gros caractères d'imprimerie découpés et collés sur la page blanche qui ressembleraient à des cubes pour bébé si seulement ils racontaient autre chose.

« Monsieur le Commissaire, une Juive commet, aux 3 de la rue Ramponeau, des attentats chaque semaine contre l'œuvre de Dieu. L'appartement qu'elle Possède, où elle prétend exercer le métier de sage-femme en Violant chaque jour cette profession, ne sert qu'à des fins de Crimes contre des Innocents. Elle circule sous un nom usurpé et se comporte avec Effronterie et Arrogance. » Marguerite tombe sur cet opus devant la vitrine de Bloody Mary, un bouquiniste dont les bacs bourrés de diamants noirs lui tendent les bras une fin d'après-midi de juillet, alors qu'elle a cheminé à pied de la Bibliothèque nationale jusqu'au jardin des Plantes. Elle est tout de suite interpellée par le titre, *Maigret et la Juive*, aussi bizarre que la couverture. On dirait une édition à part, elle ne ressemble à aucune des couvertures originales qu'elle a déjà vues et qui proposent une mise en scène assez dansante où les lettres jouent le rôle de silhouettes dans un décor de film. Ici le graphisme est laid, avec quelque chose d'amateur. Le mot « Juive », écrit dans d'horribles lettres gothiques, donne l'impression qu'il se consume. Elle sait que le livre est fait pour elle, un exemplaire unique qui lui est destiné et qu'elle paye dix euros en ayant honte, comme si par ce geste elle avouait, elle-même, au libraire, être juive, car qui sinon une juive pourrait acheter cet épisode confidentiel de Maigret ? Elle s'engouffre dans le métro à Censier et sur Internet elle trouve quelques références du titre dans des catalogues de bibliothèques, ainsi que des exemplaires d'occasion dont les couvertures ne sont jamais deux fois les mêmes, comme s'il avait subi une production hésitante et honteuse, maintes fois annulée et reprise. Elle commence à le lire dans le métro, elle ne peut s'empêcher de s'y mettre malgré la peur qu'on la voie lire ce torchon, elle se rend compte qu'elle l'appelle ainsi, dans sa tête, à cause de l'expression « torchon antisémite » mais ce que le livre a d'antisémite reste sous-jacent, pas un mot de trop d'après l'exploration qu'elle est en train d'en faire ou juste le graphisme de la couverture et surtout, son apparence d'édition secrète, l'ombre d'un livre en quelque sorte. Elle en a déjà lu un bon tiers quand elle arrive chez elle, en le parcourant avec méfiance, en sautant des lignes et des pages qui lui semblent piégées. Sa lecture accélérée a un but qui est l'identification de l'année où se passe l'histoire, elle hésite entre 1942 et 1943 mais elle se fixe sur 1943, le cas de cette femme est trop isolé, il lui semble, pour que ce soit 1942 et les grandes rafles, son enlèvement lui-même est trop furtif. De plus, elle remarque que Maigret perd immédiatement tout espoir de la retrouver. Il n'exprime pas la moindre paille d'insistance pour communiquer avec l'Autre administration, l'autre police et soldaterie qui campe dans Paris et autour, dont il estime pourtant qu'elle a la réponse. Dès qu'il perd sa trace, c'est pour toujours. « Monsieur, une Juive commet… » La phrase tourne dans la tête de Marguerite. Elle devient cette femme, bientôt une fugitive pour avoir avorté la maîtresse d'un baron, se demandant où se cacher.

Comme ça vous menotte parfois, un livre. Maigret erre dans le Paris de cet été sans date, mais que Marguerite a donc identifié comme l'été 1943. Il fait le tour des commissariats et des prisons pour la retrouver elle, « la Juive ». Il a la lettre de délation dans la poche de sa veste, cette veste qu'il garde sur le bras tout le temps de l'histoire tant il fait chaud, il guette l'ombre, il relit mille fois le texte en débourrant ou rembourrant sa pipe, à la recherche d'un indice, de quoi que ce soit qui lui permette d'identifier cette femme. Une silhouette enlevée à Paris sans qu'il l'ait jamais connue mais dont il a l'impression à présent qu'il ne peut plus se passer. Maigret ne sait même pas son âge. Il la suppose un tant soit peu expérimentée pour avoir poursuivi ces « attentats » dans un tel climat de surveillance, il faut avoir la certitude de ses gestes, se dit-il, et du résultat ; mais c'est une intuition, et rien de prouvable. « Avec effronterie et arrogance » : signalement qui qualifie le corbeau bien davantage que la femme dont il parle. Il se met à les dévisager toutes, entre trente et soixante ans, dès qu'il les croise dans la rue. Il entre dans les hôpitaux. Il fait effraction dans les maternités où son allure fait peur, où il se sent détesté. Il lui faudrait un nom, au moins, pour lancer un avis à tous les commissariats mais voilà : « une Juive ». Il la veut absolument, il en devient possédé. Cela l'obsède à tel point qu'on ne sait plus du tout s'il la cherche pour la faire arrêter et décapiter ou bien pour la sauver. Les sages-femmes qui acceptent de lui parler sont méfiantes. Il voit qu'il les dégoûte.

Dans le Paris de juillet 2024, Marguerite fait ce qu'elle a l'habitude de faire en cas de doute. Elle achète et consulte des livres. Elle écrit à des collègues dont les recherches pourraient englober ce « Maigret » et lui apporter des éléments de compréhension. Malgré la période de l'année peu favorable, elle réussit à glaner quelques conseils. Un collègue qui travaille à l'INED, historien des politiques démographiques et de l'avortement, lui parle d'un fonds d'archives de la police où elle pourrait retrouver une ou deux affaires qui l'auraient inspiré. Elle écrit à Sam, elle n'arrive pas à s'en empêcher. Il lui fait une réponse précise et enjouée sur la production de romans policiers pirates dans les années 1950, dont l'ardeur toute scientifique lui fend le cœur. Enfin, une amie d'amie qui travaille sur le roman policier et particulièrement sur Simenon, lui apprend que ce roman n'est pas authentifié : « On n'est pas sûr qu'il soit de lui. Il existe un nombre très limité de copies, et le texte diffère de l'une à l'autre. Par exemple, dans celle qui est conservée à la bibliothèque de l'université de Liège, c'est le baron lui-même qui a signé la lettre de délation. Mais dans les autres copies, dont celle que tu as, j'imagine, on ne sait pas. On ne finit jamais par savoir qui l'a écrite, et provoque donc la déportation de l'avorteuse. »

Maigret finit par se faire une idée de qui est cette femme. Un pedigree parmi les autres sages-femmes parisiennes, dont l'excellence professionnelle est reconnue et qui a été renvoyée de la maternité de Port-Royal suite aux lois antijuives. Son mari a disparu du jour au lendemain. Elle a une quarantaine d'années, et deux jeunes enfants, deux petits garçons âgés de trois et cinq ans qui ne vivent plus avec elle depuis un aller-retour express au Puy-en-Velay l'an passé. Elle n'a plus quitté Paris ensuite. Tout cela, Maigret l'apprend de la même source qui scelle sa disparition absolue, un collègue en bonne grâce avec la Gestapo. Il y a une scène, aux deux tiers du livre, où Maigret obtient confirmation que « la Juive » est passée des mains de la police française à celles de l'occupant. On le voit alors faire route à pied vers les abattoirs puis vers la porte de la Villette, qui est à cette époque un gigantesque chantier. Sa silhouette détonne parmi les ouvriers de la viande et les ouvriers de la pierre, les carcasses et les gravats. C'est un Monsieur. L'idée même de le voir marcher, par cette chaleur, dans ces lieux, leur paraît incongrue et indésirable. Maigret continue jusqu'à Bobigny et dans la ville qui se fait basse, qui devient chemins de campagne, il jouit du silence et ne pense plus à rien. Puis il arrive devant la gare et les rails entourés de peupliers maigres, incapables de prodiguer assez d'ombre, et il s'arrête. « Monsieur, une Juive… », relit-il sur la lettre, qu'il brûle et abandonne sur le quai vide.

À ce moment-là, Marguerite se rappelle qu'elle pourrait aller chez Laure et Renée, dans les Cévennes. À partir de juillet l'activité de la ferme se mêle au tourisme et elles accueillent un peu de famille et beaucoup de voyageurs. On peut bivouaquer sur leur terrain à l'ombre des châtaigniers, se balader le matin en forêt puis dormir le reste de la journée ou bien lire à l'ombre de la maison en attendant un nouveau soir et de nouveaux venus. Mais oui, c'est vrai, il reste toujours cette possibilité. Elle prend un billet, aller simple, pour Montpellier. Le lendemain elle est en route. Elle laisse l'été et les rivières engloutir sa décision.

Jill se rhabille, elle remonte sa culotte jusqu'aux deux bords de ses os iliaques, sur sa symphyse pubienne et, tout en remettant son tee-shirt, sonde l'écho encore vibrant de deux mains chaudes et ravies dans ses aréoles, puis fait un tour à la salle de bains, essuie la cyprine qui ne tarit pas de sa source invisible et lève la tête vers le miroir. Elle attache vite ses cheveux et s'indiffère aussitôt d'elle-même, se dépêche de se moquer de ce latin de messe qu'elle a si bien appris dans ses études, de ces mots dont les terminaisons s'évasent en « us » ou se dressent en « is », juste bons à élimer les rosaires, ou qui n'ont en tout cas jamais prouvé leur utilité dans sa vie amoureuse. Dès que ces différentes parties de son corps ont été reconnues par des mains d'homme, ou peut-être après une ou deux fois supplémentaires, ces messieurs apprennent, pour les deux petits, ils s'enquièrent de leur âge, « ah oui vraiment très petits », à moins qu'elle-même ne décale un rendez-vous à cause d'une garde imprévue à la maternité, ou d'une toux sèche qu'elle préfère veiller ce soir plutôt que de sortir, elle s'excuse, on remet ça, « bien sûr on remet ça », « je comprends » (oh oui, comme ils comprennent !), c'est fini.

Dans le taillis des sensations qu'elle entraîne en sortant du lit, des bribes lui reviennent de tout ce qu'elle doit observer et noter lors des naissances sous X – elle en a fait quelques-unes, depuis le début de sa carrière, pas tant que ça, combien, peut-être une dizaine ? Les bébés qui naissent à des mères qui partiront sans eux, qui ramasseront leur « valise de maternité », comme dit la plaquette des Vironnes (mais elles n'ont presque rien sur elles : deux bodys neufs ou donnés par une amie, un gel douche, une brosse à dents. Elles ne sont pas de celles qui ont brodé et rebrodé depuis plusieurs semaines leur souvenir futur), qui quand elles sortiront, ne tiendront pas leurs bras serrés autour de leurs petits corps encore invisibles en entrant, ne courent pas trop les rues de nos jours. Ils disparaissent bien avant de pouvoir s'incarner comme leurs ancêtres dans les « tours d'abandon » ou sur les seuils d'église, d'être confiés à des pouponnières si lointaines qu'on en oublie l'adresse, à des nourrices dont on perd le nom, et tant d'autres petits noyés. Il est rare qu'un bébé, aujourd'hui, parvienne à l'instant de connaître le visage de sa mère sans qu'elle le garde et pourtant, il faudrait être un peu inexpérimenté, avoir bien peu fréquenté l'existence et ses bifurcations, ses inlassables problèmes de tempo et de hasards malencontreux, pour ignorer que certaines situations existent en dehors de tout désir et de tout refus – et qu'elles peuvent prendre la forme de ces bébés. Quand il naît l'un d'entre eux, Jill et les autres Vironnes sont tenues de consigner, lors des premiers moments, tout ce qui aura eu lieu entre lui et sa mère dans les moindres détails, « elle l'a pris une heure dans ses bras », ou « dix minutes » et « elle a voulu », écrira Jill, ou « elle n'a pas voulu le regarder », « elle l'a bercé », « elle l'a allaité », « elle a laissé pour lui un cache-cœur », « une peluche », « une lettre que je verse au dossier ». Le protocole indiqué par le réseau des maternités et par l'Aide sociale à l'enfance consiste à recueillir jusqu'à la trace la plus ténue en vue d'un langage futur, la moindre paillette qui pourrait briller un jour d'un feu suffisant pour voir le chemin.

Tant qu'il s'agit d'un autre aux mensurations de plus ou moins trois kilos et cinquante centimètres, Jill a l'œil assez fin pour réussir ce relevé de traces d'amour même infimes, mais elle est incapable de le faire pour sa propre cause. De comprendre si quoi que ce soit peut lui être vraiment adressé. Dans les mouvements d'un lit, si certaines lignes sont tracées pour elle. Elle a beau connaître une quantité de mots bien supérieure à la moyenne des autres femmes pour désigner son propre corps, ses propres articulations jusqu'au nom de leurs cartilages, les muscles et les nerfs de son plaisir, savoir en jouer et abolir dans l'acte tout ce vocabulaire, jamais elle ne sait si la rencontre est faite pour elle ou pour une autre femme dont elle ne serait que l'esquisse, ou une incarnation éphémère et de hasard parmi des dizaines d'autres.

Mais cette fois, il n'y a pas eu quelques fois puis rien. Elle ne retrouve pas son corps épars, aussitôt oublié. Ils ne se voient pas si souvent, elle et Karim, mais quelque chose continue tout le temps. Elle se moque un peu d'elle-même au début. Ça doit être l'effet d'être bien nourrie. Du souci permanent dont il témoigne pour lui apporter à manger : la question « Est-ce que tu as faim ? » semble inquiéter cet homme plus que tout au monde. Elle prélude à l'ouverture des boîtes en carton scellées qu'il rapporte du restaurant, au déballage du frigo, ou à une longue absence en cuisine pendant laquelle elle reste seule et rêve ou le rejoint, et ils bavardent. Ou bien, elle le regarde en silence, il peut passer longtemps sans rien dire, comme si l'éminçage des oignons, du persil, ou la surveillance des morceaux d'agneau frémissant dans le rouge du sumac et l'huile d'olive, la cuillère mélangeant le yaourt et les graines de moutarde parlaient assez pour lui. Au bout d'un moment, en se tournant un peu vers elle, tablier noué sur les hanches, regard du coin de l'œil et fossette embusquée dans sa barbe floue, il lui déclare : « Je suis ma grand-mère quand je cuisine ! » Oh, comme il a de grandes mains, pour une grand-mère ! Et de grandes épaules ! Sans compter le reste. Mais la gamme de ses gestes est plus vaste que celle des autres hommes, il est vrai, du fait de ses manières de grand-mère. En l'observant, il y aurait beaucoup plus de choses à noter dans le registre invisible, à consigner dans les archives de l'Aide sociale à l'amour même si elle aurait du mal à savoir quoi, rien ne se détache de très particulier, ça tient peut-être au rythme de ses mains qui coupent et qui remuent entre la planche et les feux, aux parfums qu'il fait s'exhaler des casseroles, à son air de rien. « Tiens, mange », il s'assoit, il la regarde.

Il n'y a pas de nombre de fois. Seulement un battement, une ligne ininterrompue… faite de quoi, au juste ? De tous ces repas ? De ce nourrissage continu, attentif et épicé de Jill ? Non, de mots. Ou de sexe. De sexe aux mots. Ou de mots au sumac. De sexe au yaourt, aux oignons émincés, de conversations, au lit, à la mélasse de grenade. Elle se dit à elle-même quelque chose comme ça. Et à Nora, témoin, complice et – comment a-t-elle pu ne pas soupçonner ses intentions ? – ourdisseuse éhontée de leur rencontre, qui prend des nouvelles en manifestant un orgueil sans filtre, elle radine ses commentaires : « Ça marche bien oui. » Devant son éclat de rire : « On s'entend super. »

Elle pourrait juste dater le début vers la mi-juillet, quand elle se retrouve seule à Paris, enfants en route pour la Normandie avec Jeanne. Jill a un peu hésité, après son accident c'était une charge énorme pour sa mère mais elle va beaucoup mieux en cette fin d'année, une ancienne collègue et amie va l'accompagner une partie du temps, ce qui allégera l'intendance. Elles ont donc reconduit leur programme de ces dernières années en louant une petite maison résidentielle où Jill les rejoindra plus tard, le 1er août, quand elle aura fini ses gardes de l'été. Elle se retrouve alors dans une solitude à la fois radieuse et désemparée. Elle se sent tellement légère. Les membres libres, le temps devenu infini pour prendre son café le matin tout en étant assise, ses cheveux caressant sa nuque, jamais elle ne les attache ces jours-ci tant ils sont propres, le pas lisse, aucun Lego ne survenant sous la plante de ses pieds nus, ni aucune odeur d'ammoniac n'entravant son départ sur sandales à talons, elle choisit les plus hauts qu'elle possède, n'étant même pas en retard. Au retour, ses trajets font des virages et des ralentis, elle marche tant qu'elle a envie de penser, d'écouter de la musique, et pour reculer le moment où elle ne trouvera pas les petits en rentrant, semer en chemin la pierre qu'elle a sur le cœur. À moins que ce soit elle-même, aussi, qu'elle craint de ne pas trouver dans son appartement, qui est-elle sans personne accroché à ses jambes, il est à peine possible que quelqu'un la remarque en ce moment, une sorte de squelette bourré de courants d'air, un torchon vide, alors qu'un type la regarde vraiment, quelle idée, et peut-être que ça vaut mieux d'ailleurs. Elle oscille entre ces différents états et son travail jusqu'à un samedi qui arrive sans aucune garde programmée, et un coup de fil de Nora qui lui propose d'aller dîner dans le restaurant d'un cousin – « Ce n'est pas loin de chez toi et c'est délicieux, viens, tu as l'air transparente en ce moment, allez les petits-suisses et les œufs durs, ça va cinq minutes mais avoue que c'est dégueulasse, et puis ça ne te sied pas, ma belle… Allez, à ce soir ! »

Dans la petite salle de la Graine de Nazareth aux tables en bois, aux murs couverts de photos de famille, de paysages perdus dans l'exil et de partitions d'un aïeul guitariste, les deux amies restent tard. Au fur et à mesure du dîner, elles sentent le temps se desserrer dans cette soirée où on ne les attend nulle part, et elles parlent sans fin. Les autres clients quittent peu à peu les lieux, elles savent qu'elles n'ont pas à suivre le mouvement, que cet endroit sera le leur aussi tard qu'elles le souhaitent. Après le service, Karim vient s'asseoir avec elles, il ouvre une bière. Il pose beaucoup de questions, il est curieux de leur métier et Jill se retrouve à donner infiniment de détails sur les accouchements qu'elle a pratiqués durant la semaine, au milieu du restaurant devenu vide elle ressent de manière intense la nudité, les odeurs de la salle de naissance, et le surgissement dont elle est l'officiante depuis toutes ces années, qui pourtant lui fait encore peur, ou lui procure une joie si démesurée qu'elle ne sait quoi en faire – en dehors de ses collègues Vironnes ou sages-femmes d'autres maternités qui connaissent intimement ce trouble, jamais elle n'a pu recevoir autant d'attention pour son travail, avec Karim. De temps en temps, Nora et lui font un aparté et évoquent des connaissances communes, certaines en Angleterre ou à Paris, d'autres en Cisjordanie et à Gaza, et ces noms aussi surgissent, déchirent une membrane qu'elle ressent plus fragile que jamais. Elle n'ose pas se mêler à ces conversations qui ne durent pas longtemps et à eux trois ils continuent de faire naître sur la nappe blanche et la table en désordre tous les bébés des vies de Jill et de Nora, avec une passion biblique comme si, en les évoquant un par un, ils avaient le pouvoir de peupler le monde.

« Hello Jill, tu vas bien ? J'ai quelques restes du restaurant pour ce soir. » En lisant les mots du SMS qu'elle reçoit quelques jours plus tard, elle ne sait pas encore que ce sont des notes de musique, une mesure sifflée presque trop bas mais qu'elle reconnaîtra bientôt, moyennant quelques variations, comme prélude à un chant avec orchestre de cuillères et casseroles qu'elle se damnera pour entendre. Karim ajoute : « Est-ce que tu veux venir dîner à la maison ? » Elle vient. Elle repart avec des pots de confiture, celle à la figue « pour les yaourts des enfants », « une recette de ma grand-mère », et celle aux courgettes et sésame, cuites dans le jus de citron et dont il accompagne le plat d'agneau qui est sur sa carte. Mais maintenant, elle ne saurait plus dire combien de fois elle vient, deux ou trois, pas beaucoup mais aussi pas assez, rien de rien se dit-elle, pas de quoi s'emballer mais ce rien continue alors qu'elle est loin à présent, en vacances, il lui écrit, elle lui répond. Elle sait qu'il ne partira pas de tout le reste de l'été, Nora lui a dit qu'il avait fermé son restaurant pendant plusieurs jours avant leur rencontre, il est parti à Londres rejoindre sa famille endeuillée par la guerre et il veut que la Graine reste ouverte pour les touristes, et pour d'autres comme lui qui travaillent et ont besoin de réconfort.

Il est à Paris, elle en Normandie, ils s'écrivent. Depuis les sentiers bocageux où elle poursuit deux vélos cahotants, depuis la plage où elle observe, à contre-jour, deux silhouettes accroupies front contre front au-dessus d'un chenal qui sera anéanti dans quelques heures par la marée et recreusé le lendemain suivant un tracé aussi intraitable que la ligne d'horizon, levant la tête, clignant des yeux pour ne pas les perdre de vue chaque fois qu'elle tourne une page de son livre et maudissant le sens du soleil qui change les enfants en ombres, elle guette aussi le tintement de son téléphone. Les messages de Karim la nomment, elle, et en elle il nomme toutes les parties de son corps par des mots précis, obsédants, qui ricochent parmi le flot à tue-tête de Daniel et de César, des mots qui irradient et perturbent leurs paroles légères de n'avoir jamais été lues ni écrites, pleines de questions et de syllabes chantantes. Il écrit, elle répond, Daniel revient près d'elle avec un bateau en plastique, s'assoit sur ses genoux et se serre contre elle. Elle contemple quelques instants avec lui l'embarcation prodigieuse qui, souffle-t-il à son oreille, « a deux métiers : flotter et voler ». Elle la contemple en prenant dans sa main le petit pied nu, passe son pouce sur le modelé si tendre qu'elle en perçoit à peine les os, jusqu'à l'arrondi du petit orteil qui, d'après toutes les choses qu'elle connaît, qu'elles flottent ou qu'elles volent, avec sa minuscule écaille d'ongle rose lui semble le signe le plus plausible de l'existence de Dieu. Il repart en courant. Elle se lève aussitôt pour aller goûter la mer et, dans les vagues et les cris, elle a l'impression qu'elle continue d'entendre les mots qui s'affichent sur l'écran.

Le film s'arrête. Son grain épais et les voix si précises des militantes du Planning de 1976 disparaissent un instant, à la lisière d'années de combat qui sont en train de s'étioler et elles le savent. Marguerite a choisi les extraits qu'elle montrerait à ses étudiants, pour une introduction en début d'année universitaire ces documents sont parfaits, elle revient en arrière, les repasse. Les visages sur l'écran lui semblent incroyablement nus : qu'elles soient maquillées ou non, par de grands fards et khôls qui signent l'époque, des mascaras dont le bleu et le violet vibrent par-delà le noir et blanc de la vidéo, elles offrent à la lentille de la caméra une intimité de regards, de conversations qui les rendent sans apprêt. Si elles ont quarante ans, elles sont nées avant-guerre et en ce cas quelque chose d'un souffle abrasif a parcouru leur échine, ça se voit, balayé leur peau en laissant des traces imperceptibles mais obsédantes, des dents abîmées, une maigreur, un affamement qui persiste dans leur corps comme un fantôme malgré la sécurité alimentaire revenue, l'emploi, ces attributs objectifs de la paix. Elles couvent leurs petites sœurs de l'après-guerre encore irradié. Impossible de savoir à quelle génération appartient la porteuse de caméra, peut-être aussi porteuse de l'enregistreur, mais elle fait forcément partie du groupe de militantes où s'apprennent souvent tous les rôles, car la réalisation de ces films permet d'informer celles qui veulent avorter et fait aussi partie de l'acte médical, afin de leur donner possession d'elles-mêmes. Elles se réunissent en des lieux privés, souvent chez les unes et les autres, pour parler de contraception ou d'avortement, des séances d'information ou de secours comme pour cette jeune fille qui a dépassé le délai tout juste devenu légal, que faire pour elle ? Une aspiration est prévue au domicile de l'une des organisatrices et la filmeuse équipée de son Portapak se mêle aux opérantes, la caméra vidéo tremblant à son poing tandis que ses camarades déploient autour des genoux écartés de la nouvelle venue le miroir et le speculum, la canule, la seringue, tous les outils qui prolongent les mains, les équipements miniaturisés, polymères et électroniques transparents, légers, qui se multiplient dans ces années-là, aussi souples que leurs cheveux libres sous les bandeaux, que leurs boucles d'oreilles ou leurs propres gestes et chants légers murmurés à l'avortante. Le chant se termine autour d'un plat de spaghettis bolognaise tandis que l'embryon n'est plus, concrétion de reproches et de peines à jamais écartée.

Marguerite a vu dans sa vie des dizaines de ces films militants. Elle retient son souffle à chaque fois, quand disparaît sous ses yeux quelque chose que pourtant elle ne voyait même pas l'instant d'avant, il y a un halètement dans l'atmosphère, une seconde semble se détacher de la bande magnétique quand la seringue aspiratrice est tirée à son maximum et l'avortement accompli. Juste après, on entend les murmures, les rires et parfois les pleurs qui éclatent. À force de regarder ces images, elle éprouve presque pour elles l'émotion que procure un album de famille, un album de non-grossesses et de non-naissances qu'elle aurait la compulsion de montrer aux autres avec la même tendresse primitive que des photos de ses parents ou d'elle-même enfant. C'est son faible avec certains de ses objets de travail – peut-être un symptôme de sa vie d'orpheline qui transfère son affection là où elle peut, peut-être parce que ces femmes auraient aujourd'hui l'âge de sa mère ou peut-être un effet de son sujet lui-même qui a le pouvoir de questionner chacune jusque dans son propre utérus ? Ces films l'attendrissent, qu'est-ce qu'elle y peut ? Elle devrait à peine l'avouer à une commission de recrutement, tant ça la trouble, ce serait suspect, contraire à tout critère scientifique ou professionnel. Les enregistrements de cette période et de ces femmes, leurs caméras portatives format pompe à vélo, le montage des films aux ciseaux de la rage et du rire, les émissions machistes qu'elles piratent en insérant des cartons de commentaires après les répliques des journalistes mâles contents d'eux, pour leur faire bouffer leur cravate et leurs « Madâme la ministre » obséquieux (carton :

« C'est gentil de lui apprendre »), leurs « mâdemoiselle » méprisants, « vous avez un joli sourire » (carton : « Violeur ») ; ou encore les télévisions plantées sur un parvis d'église pour faire entendre les témoignages des prostituées en grève qui y sont réfugiées... Ça la réveille, ça l'émeut, ça la fait vivre au milieu de filles sans qui elle n'aurait pas autant le sentiment de vivre. Elle aime leurs confidences qui n'esquivent rien et leur liberté de ton, elle aime être auprès de ces femmes se réunissant dans les gestes de l'avortement illégal et qui défont entre elles ce que les hommes ont fait en elles sans s'interdire de parler d'eux, et même s'encourageant parfois à le faire dans un souffle ému mais d'autres fois à peine, accueillant l'avortante comme ayant traversé une simple ondée, une sœur distraite arrivée là sans parapluie, à qui on passe une serviette pour sécher ses cheveux, en bavardant – à moins qu'elles ne taisent tout à fait la rencontre, dans certains cas, et ses blessures. Ensemble, elles offrent une scène inlassable pour Marguerite, une grande cuisine au fond d'un jardin toujours resplendissant où elle serait accueillie autant qu'elle le voudrait dans une odeur de café chaud, parmi des voix amies.

Même si elle ne le dirait pas à ses étudiants tout à fait en ces termes. Elle se lève et s'étire. Ça lui fait plutôt du bien de les retrouver demain, et de se décarcasser pour eux. Elle ébroue une étrange torpeur. Les vacances ont été bonnes, bien meilleures que ce qu'elle aurait pensé au début, quand elle a pris ce TGV pour Montpellier à un prix rançonné de dernière minute, sans trouver la moindre énergie pour lire une ligne pendant le trajet, seulement celle de se lever à mi-chemin pour aller vomir aux toilettes. Un commencement qui était dépourvu de promesse exorbitante. Renée est venue la chercher à la gare avec son pick-up qui sent le chien pourri et a entamé avec elle la montée d'une heure, de collines sèches en gorges enforestées jusqu'à la corniche de la ferme, puis Marguerite est restée KO pendant deux jours entre sa chambre et le jardin, en faisant connaissance sur son smartphone avec tous les cabinets de gynécologie, les centres de Planning et hôpitaux pratiquant l'IVG sous sa nouvelle latitude – c'est-à-dire, pas grand nombre. Le terme du délai approchant, Marguerite a pu méditer son trait de génie, cette opportunité maximale qu'elle s'est octroyée – L'Aveyron. Les alentours du 15 août – pour trouver des soignants disponibles.

Elle reste prostrée comme ça quand soudain (une moquerie de Laure qui vaut coup de pied dans ses fesses prenant racine sous le grand chêne ? Une lassitude inattendue pour sa propre déprime ?), elle va se baigner. C'est là, juste derrière un barrage qui chahute la rivière avant qu'elle ne s'abandonne en vasques hiératiques. Elle entre nue dans une eau qui sourd transparente de la falaise et dont le tranchant lui rend chacun de ses contours, la pulsation dans ses veines, la frontière de sa peau. Elle sort de là en riant et écoute la rivière et les ébrouements des bartasses, des bruyères si sèches qu'elles brisent en mille éclats le passage du moindre lézard. Elle abîme son regard dans les dessins des mousses sur les rochers, les brèches rouges et noires dans la paroi de schiste. À chaque retour, elle se fait lente. Une transformation végétale s'opère en elle, qui ne s'interrompt que lors de ses séjours dans l'eau et cette lenteur hypertrophique, sa somnolence, la paresse qui atteint jusqu'au flux de ses pensées lui paraissent d'autant plus profondes en ces journées de liesse olympique à Paris. Elle fait une sieste de trois heures, et les héros du jour lancent des javelots. Elle se couche le soir à l'heure des bêtes, se recouche après l'effort colossal du petit déjeuner quand d'autres pirouettent sur des poutres, font siffler l'air au bout de leur fleuret, rebondissent au bout d'une perche. Ces visions à couper le souffle perçant l'écran de son smartphone la fatiguent encore plus. Elle se rendort.

Renée et Laure l'écoutent quand elle le désire et se gardent bien de donner leur avis. Elles s'efforcent de pourvoir à son repos et à ses repas et elles sont là, patientes et rieuses, parmi les invitées qui vont et viennent à la ferme ces jours-ci, Marguerite prend conscience de leurs présences itinérantes quand elle arrive à tenir quelques heures éveillée le soir. Il peut y avoir jusqu'à une douzaine de personnes au dîner, celles d'hier ou de nouvelles arrivantes, des femmes qui connaissent Laure et Renée depuis l'adolescence ou qu'elles viennent de rencontrer, l'ancienneté ici ne paie pas, parmi elles beaucoup d'agricultrices de la région mais aussi une chirurgienne, une circassienne, une factrice, la ferme cultive toutes les sortes de femmes. Marguerite n'a jamais entendu Laure ou Renée formuler le moindre interdit quant à la présence des hommes et d'ailleurs, plus d'une ici les fréquente un peu voire copieusement, maritalement, mais elle n'a jamais vu non plus le moindre d'entre eux se hasarder dans les parages. Le sentier qu'on prend depuis la route, qui bifurque à travers chênes jusqu'au domaine, semble leur être tout à fait invisible. Ou bien les sylphes, habitantes de ces bois, se chargent-elles de le leur faire passer leur chemin.

Parmi les invitées, un couple de vigneronnes venues du Pays de Loire sont là pour quelques jours avec leur fille de six mois. Celle des deux qui n'a pas porté l'enfant vient juste d'obtenir la reconnaissance administrative pour sa maternité – démarche qui était en suspens depuis plusieurs mois et dont elles se sont demandé le 9 juin, « au moment de la grande partouze fasciste du président », si elle aboutirait jamais. Leur enfant est endormie après une tétée dionysiaque contre le sein de sa mère biologique et son sommeil transforme le salon, une ancienne grange aux bibliothèques bardées de littérature lesbienne, dont les murs semblent rougis par le vin de Loire qu'elles ont apporté par caisses entières, la paroi en une grotte préhistorique dont seules les convives connaîtraient l'emplacement. On dirait que la petite fille est née bien avant toutes les autres femmes qui sont ici, un être interminable que l'univers a toujours abrité et dont la respiration régulière, les yeux clos, ont imaginé et créé chacune d'elles depuis la nuit des temps. Elle est aussi, par toutes, ignorée comme une créature un peu fortuite, avec une feinte désinvolture qui permet de prouver que les bébés ne sont quand même pas l'alpha et l'oméga comparés à l'ivresse du vin, au sexe, à l'amitié qui se déclame entre ces murs. Cela permet aussi à chacune, en des moments furtifs et sans parler, de venir s'agenouiller près d'elle et de plonger son regard dans l'hypnotique dessin de ses cheveux, le contour transparent de ses ongles ou la goutte de lait ponctuant la commissure de ses lèvres, tour à tour, sans en avoir l'air, de humer à pleins poumons sa petite odeur de yaourt, et essayer de cueillir sur son visage une de ces infimes brindilles qui permettent de se savoir vivante.

Sur les conseils de Laure qui connaît bien les professionnelles de santé de la région et qui s'est démenée pour lui trouver un rendez-vous, Marguerite finit par descendre au Vigan chez une sage-femme qui lui apprend le mot « hypersomniant » et lui prescrit des vitamines avec du fer et un antivomitif. « Et en ce qui concerne la constipation ? » demande Marguerite. La sage-femme soupire de fatalisme, et jette en l'air quelques recommandations qui sonnent comme des excuses : Contrex, jus de pruneaux, épinards. Il est difficile de rentrer à l'exploitation, où se pratique l'élevage porcin et ovin, avec Renée en cuisine tous les soirs, en réclamant cet abominable menu de curiste.

Marguerite poursuit donc sa stase intestinale. Elle n'avait pas été prévenue que la « grossesse » se signalait au début par la démission du transit et cette lourdeur, ce gonflement lancinant, cette germination alternative qu'elle considère comme une parodie d'assez mauvais goût du miracle de la vie. Tous les jours, elle sent qu'elle serait prête à donner les quatre ans de sa thèse et son poste pour arriver à produire une selle ample, hydratée, une selle enfin exhaustive au lieu des petites livraisons de plomb qui réduisent son ventre à ce bruit incessant, de sorte que les circuits de son bas corporel semblent se substituer à ceux de sa tête.

Est-ce cela qui l'empêche de réfléchir à quoi que ce soit, et de décider tout simplement de mettre fin à son état ? Elle replonge. L'eau de la rivière lui offre ses uniques moments de lucidité. Et ces moments offrent un plaisir si vif, la rendent si fraîche et si légère qu'une fois dedans, elle ne voit plus quoi que ce soit à changer. Elle plonge, elle flotte. De la recommandation de la sage-femme du Vigan, insistant pour qu'elle aille à Millau faire une première échographie, ainsi qu'une prise de sang pour le dépistage de la trisomie, Marguerite n'a rien fait. L'encre de son ordonnance s'efface dans l'eau de roche. Malgré les questions prudentes de la sage-femme la voyant flotter et l'interrogeant sur une « grossesse désirée », elle n'a pas non plus fait de tentative d'avoir un rendez-vous à Millau pour une IVG et reste en suspens. Elle sèche au bord de la rivière en lisant quelques pages d'Alice Munro qu'elle a piqué dans la bibliothèque de Laure, les histoires courtes sont à la bonne échelle pour elle en ce moment, courtes mais avec des abysses invisibles, et du mordant – ça lui semble adapté à sa situation. Elle lit trois paragraphes ou deux pages… On sèche vite dans ces contrées, à cette période, et quand elle a fini de sécher, elle retourne à l'eau. Entre deux brasses, elle écoute, elle sonde son ventre qui n'a plus aucun poids, une trame invisible tendue par son bassin qui force l'onde sans aucun bruit. Qu'est-ce qu'il y a, dedans ? Un autre être qui nage. Minuscule et dont la forme hésite entre la virgule et le têtard. La queue se sépare un jour en deux jambes comme celle de la Petite Sirène. Sur Internet, elle a vu des images de chair rose translucide irriguée déjà de centaines de veines, avec une tête percée de deux billes noires sans paupières qui lui fait penser à l'alien de Roswell et, pour la taille, les journaux féminins en ligne rivalisent d'images fruitières plus ou moins de saison et animalières, une grosse mûre, une noix, un mulot. Ça ne l'aide pas trop à voir. Elle dérive vers des notions plus scientifiques mais qui évoluent dans l'eau de façon tout aussi abstraite : il nage, mais ne respire pas. Il est vivant, mais s'il sort de mon ventre, si je le vois maintenant, il est mort. Elle continue d'imaginer. Elle aimerait que ses amies vidéastes lui prêtent leur Portapak pour voir en elle, porter secours à son regard intérieur. Elle ouvre les yeux sous l'eau rocheuse mêlée de vase, elle perçoit les rayons de soleil qui s'éparpillent en filaments dorés, tremblants. Des yeux aveugles et nus.

Depuis qu'elle est de retour à Paris – et, les athlètes étant partis, il y a quand même moins de honte à être là, à marcher comme ça au ralenti, à tenir la rampe pour reprendre son souffle en haut de l'escalier du métro, sans avoir à se justifier, à incriminer l'augmentation de son volume sanguin que personne ne voit, au milieu de rondes de justaucorps en Lycra, de muscles perlés de sueur et blanchis au talc, de pieds ailés –, elle s'est installée dans un état dont elle démêle mal la part de résignation, de stupeur, d'opiniâtreté. La fatigue s'est un peu dissipée en ce mois de septembre – le délai légal aussi, elle préfère ne pas y penser mais elle a repris presque toutes ses facultés, cela lui permet un peu de se consoler. Elle n'aurait pas l'orgueil de parler de choix. Mais elle arrive à écrire et le début des cours est un prétexte idéal pour se remettre au travail, faire quelque chose pour autrui, à partir de ce corpus de films qu'elle aime tant. Elle se met en mouvement par ailleurs pour une table ronde au festival des Rendez-vous de Blois, elle intervient avec deux collègues pour parler de l'héritage militant des années 1970, de l'actualité de la loi sur l'IVG, et elle espère aussi présenter un peu ses résultats sur les évolutions des carrières de sages-femmes, sujet plus pointu mais qu'elle voudrait développer si le médiateur lui en laisse l'occasion.

Marguerite se lève et avise dans sa penderie la profusion virtuelle, qu'elle compare à la seule option possible : le dernier jean qui lui va, taille basse, serré aux fesses et large aux jambes, qu'elle porte d'habitude avec une ceinture devenue tout à fait inutile. Elle l'enfile avec une chemise de Sam qu'elle aime bien et qu'il a oubliée chez elle, elle trouve reposante son allure stricte et constate que ce tissu une fois sur sa peau ne lui procure aucun vague à l'âme, rien, elle se contente de le trouver joli et attache à ses oreilles deux créoles dont l'or résonne joyeusement avec le col anguleux. Ainsi parée, elle se remet à son bureau et se lance dans les étages de sa boîte mail, expédie quelques affaires courantes, puis prend le temps de rédiger un long mail à Jérémy pour résumer quelques objectifs du colloque sur la loi Veil, les intervenants qui lui semblent incontournables, les propositions de communications qui ont retenu son attention. En accord avec lui, elle a aussi écrit il y a quelques jours à Simone Fabre pour lui proposer de venir raconter sa carrière et mener un entretien avec elle en ouverture du colloque.

À quoi la vieille dame a répondu, d'entre les fleurs de son salon :

« Chère Marguerite, merci de votre invitation. Je viendrai volontiers à votre événement, pour parler d'une époque dont je vous prie de croire qu'elle ne fut ni meilleure ni plus abominable que la vôtre (je dis la vôtre alors que je m'y prolonge encore bien au-delà de mes droits, j'en suis un peu désolée mais si je peux servir à quelque chose, alors). Je hais la nostalgie et n'attendez quand même pas de moi que je dise monts et merveilles de la France de Giscard. Mais je suis touchée que vous pensiez à moi, et comme vous savez j'ai bien connu Simone Veil qui m'avait aidée alors à ouvrir la consultation d'IVG au CHU de la Conception, c'était à mon retour de Guadeloupe, et ce malgré tous les obstacles que vous pouvez imaginer de la part de mon chef qui mettait toute son incompétence au service de sa mauvaise volonté, comme les hommes en ont le secret. Elle m'a aidée à démêler tout ça. Ainsi, malgré (ce que seule la pudeur me permet d'appeler) nos « désaccords », nous avons quand même gagné ensemble certains combats, qui méritent d'être un peu connus si on veut les poursuivre. Il faut bien essayer de faire quelque chose avec le présent dans l'état où il est ni plus ni moins. Sinon, comment se passe la suite de votre voyage au pays des archéo-féministes ? Donnez donc de vos nouvelles, et envoyez-moi des billets. À bientôt chère Marguerite, amitiés, Simone. »

« J'aime le silence pendant cet examen », dit-elle à Karim en ouvrant les boîtes, en plantant sa fourchette dans les plats, « c'est un silence particulier. On se parle, avec la patiente, mais sur l'écran les sons dessinent des images. Et tout ce qu'on se dit semble se tracer de la même façon, les mots deviennent des images et ne font plus aucun bruit, tant on est attentives l'une et l'autre. À part quelques signaux : au début juste la machine qui s'allume, qui ventile. Et les clic-clic des repères qu'on met sur l'écran, des croix vert fluo pour faire les mesures anatomiques. À un moment, je lance le doppler cardiaque et on écoute ensemble les pulsations du bébé, elles font un bruit de lasso, tu sais, à toute vitesse, elles sifflent, beaucoup plus vite que nos cœurs à nous. Mais après, j'éteins le doppler et on regarde le son tracer ses contours sur l'écran. On sent bien que l'image n'est pas une image, je ne sais pas pourquoi mais je n'oublie jamais, je crois que ça me plaît de savoir qu'on ne voit jamais directement le fœtus, que c'est plutôt une ombre, quelque chose d'autre qui rayonne de lui. Peut-être à cause du noir et blanc, ou de la façon dont il bouge qui est à la fois ralentie et accélérée parce que le mouvement n'est pas tellement continu, il y a des sautes, on dirait les premiers films muets. Le bébé, il est transparent, à part son squelette mais c'est aussi une statue, un géant, on ne peut pas le quitter des yeux. Je me concentre sur les mesures, on n'est pas là pour sortir le pop-corn, ce n'est pas ciné-ventre pendant trois heures, les dames attendent, elles sont allongées avec l'abdomen plein de gel froid et elles guettent tes réactions sur ton visage, elles ont besoin de toi, de ce que tu vas leur dire, si tu as l'air préoccupée, c'est parce que tu as du mal à avoir une image claire ou parce que tu commences à explorer quelque chose d'inquiétant ? Toi aussi tu envoies des ultrasons, quelque chose d'invisible en plus des mots que tu prononces et qui pourrait leur faire du mal, alors tu dois faire attention, très attention. »

Des consultations d'échographie, Jill en a pris de plus en plus aux Vironnes, depuis cet été. Cela fait longtemps qu'elle a le diplôme adapté, elle a passé son DU dès qu'il a été ouvert aux sages-femmes il y a quelques années mais elle l'avait un peu laissé de côté en vérité, elle le sait, elle aime la salle de naissance, son rythme, la vie inversée pendant la nuit, être dans les coulisses du monde en train de préparer les bébés pour qu'ils puissent paraître au matin, qu'est-ce qu'on peut faire de mieux de ses deux mains, franchement ? Mais depuis la maladie de

Jeanne, qui s'aggrave – et selon une progression qui lui échappe puisque sa mère ne veut rien dire, puisqu'elle s'entête à ne pas livrer les détails de ses rendez-vous médicaux et à prolonger ses missions auprès d'elle, de jour comme de nuit –, elle sait qu'elle doit penser à la suite, s'organiser pour être capable de faire autre chose, rester utile et désirer ce qu'elle fait, elle qui n'a jamais accompli un travail qui l'ennuyait, elle ne va quand même pas sombrer à quarante ans dans cette mélancolie alors qu'il y a chaque jour sur terre des milliers de nouvelles femmes enceintes et des milliers de nouveaux bébés. Elle en parle à Karim dont les questions n'ont jamais tari depuis leur rencontre, au contraire, elles se précisent comme s'il avait gagné lui-même en dextérité ces derniers temps, il aime ce qu'elle raconte de son métier mais il aime aussi en soi toutes les conversations techniques, c'est quelqu'un qui apprécie les mesures et les tempos, les températures, les instruments et les appareils, et réfléchir à tout ce que les mains et le cœur peuvent accomplir avec ça.

Ils sont attablés chez Jill. Les enfants sont couchés depuis longtemps, ils dorment. Dans la chambre, leurs souffles dessinent des volutes, des carnavals d'animaux, des caravanes de véhicules de toutes sortes, est-ce qu'ils savent que Karim est là ? Ça leur apporte une paix différente des autres jours, cette nouvelle voix d'adulte dans la cuisine, en basses délicates, espacées par des silences qui nimbent les gestes de leur mère. Karim a encore rapporté des mets du restaurant, Jill a eu une journée fatigante, à peine le temps de déjeuner, et elle a dévoré l'assiette de poulet à la coriandre, les aubergines frites et la salade fatouche façon Karim, au jus de citron et au fenouil à la place de la mélasse de grenade et des radis. « C'est un crime contre la vraie recette c'est sûr, ma grand-mère ne serait pas d'accord, paix à son âme », c'est pourquoi sur sa carte il la nomme « salade fâcherie » mais elle a un succès fou, les clients craquent pour la pita grillée imprégnée de sucs et d'herbes fraîches, « c'est la réalité, je n'y peux rien », « aussi j'espère qu'elle me pardonne d'où qu'elle me regarde ». Maintenant que son appétit est calmé, Jill s'attarde sur la crème au lait et à la rose, elle attaque doucement les éclats de pistache sur la surface gélatinée, un peu tremblante. Karim la regarde se régaler avec autant de discrétion qu'un faune d'opéra écartant les branches d'un buisson factice, crinière ébouriffée par sa journée de labeur, yeux luisants de fatigue et du plaisir de sa découverte, mollets tremblants dans l'effort de rester immobile. Il a tout posé sur la table en refusant les exclamations et les merci, « mais mange c'est rien, c'est que des restes », a-t-il juste commenté, « et toi tu ne manges pas ? » a-t-elle demandé en retour, « non moi j'ai déjà dîné trois fois, avant le service, pendant… Sers-toi, sers-toi… », a-t-il conclu en lui tendant une assiette et des couverts qu'il a posés à côté des boîtes en carton, ainsi qu'une bouteille d'Almaza qu'il tient et descelle d'une seule main, geste qu'il termine en effleurant sa joue : « Sers-toi, et mange. »

Il s'endort avant elle. Elle passe l'heure qui suit seule, à aller et venir entre le salon et la salle de bains, la salle de bains et les deux chambres où elle peut écouter tour à tour les souffles des enfants et celui du grand, abandon qui les égalise, les rassemble dans une contrée unique, invisible. Elle ne croit pas être tout à fait membre de ce sous-bois magnifique, aux animaux phosphorescents, elle se sent loin en les regardant, dans un climat de responsabilité et parfois, elle s'en accuse, de peur. Elle a l'habitude de ces longues heures d'éveil solitaires, elles sont faites pour ça. Il y a quelques jours, au petit déjeuner, elle touillait avec difficulté les dernières impressions de la nuit et a dit à voix haute : « J'ai fait un rêve », et ce rêve était si opaque, si plein de visas et de contrôles, de bagages perdus, de billets, de gardiens, elle ne s'attendait pas à la question de César. Elle était encore happée dans l'effort de se souvenir mais lui, arrêtant à l'instant sa cuillère dans le bol de céréales : « Et dans ton rêve, est-ce que tu étais enfant ? » Depuis, elle n'a pas cessé de penser à cette question et de la chérir comme si une porte miraculeuse s'était ouverte, vers un lieu où elle ne pensait jamais pouvoir rejoindre ses petits.

Dans sa veille, elle se sent floue, à la fois incapable de réfléchir et assaillie par une lucidité excessive qui tranche sa fatigue et la maintient debout bien au-delà de ses forces. Zombie, elle scrolle les actualités sur son téléphone portable à la recherche de quelque information qui l'aiderait à mieux comprendre la journée qui s'achève, comme si tous ces faits et gestes éparpillés dans le monde extérieur pouvaient apporter une compréhension quelconque à sa journée à elle, un éclairage à sa confusion et à sa torpeur. La composition de son réseau social l'amène à coup sûr à croiser, en premier lieu, des groupes de sages-femmes publiant des informations sur les gardes à pourvoir, des vacations à échanger, des cycles de formation… Dans ce sillage, il y a des photos de bébés, des remerciements que des nouveaux parents adressent à telle ou telle maternité et les mots d'ordre de certaines mobilisations contre la fermeture d'un service, pour des dotations à obtenir et, d'une publication à l'autre, elle tombe aussi sur les dernières nouvelles de celle qu'en son for intérieur elle nomme juste la Ministre. Laure Pasquet est si furieusement prodigue, il n'est pas de jour sans que Jill la voie surgir dans son fil d'actualités. Elle l'avoue, les organisations professionnelles de sages-femmes, le Planning familial, les associations d'aide aux patientes ne peuvent s'empêcher de relayer la moindre de ses déclarations que des déluges d'émoticônes et d'ironie ne semblent guère atténuer et qui, malgré les mois passés, conservent tout de même quelque chose de mystérieux. Jill se demande, quand la ministre affirme certaines choses, si elle y croit vraiment elle-même. Mais toute la profession a aussi pu constater à quel point elle était capable, envers et contre tous les démentis, quelles que soient les preuves qu'on lui apporte sur quel que ton que ce soit, de maintenir ses propos. Avec une constance qui appelle quand même l'admiration.

Au moment de la prise de fonctions de Laure Pasquet en tant que ministre chargée des Droits des femmes, les collègues de Jill et l'ensemble de la profession l'avaient pourtant accueillie sans préjugés. Elles avaient l'habitude de suivre ce qui se passait avenue de Ségur au ministère de la Santé, par exemple les réformes récentes qui avaient étendu leurs compétences à l'échographie ou aux avortements, ou bien la gratuité pour les jeunes des tests de maladies sexuellement transmissibles, pour citer des circonstances positives, et plus souvent malheureuses telles les fermetures de maternités ou les baisses de personnels. Les Droits des femmes, qu'ils soient représentés par un secrétariat d'État, ou un ministère délégué comme c'était le cas actuellement, n'avaient pas souvent un impact aussi concret, ils demeuraient sous la tutelle de la Santé et c'était de notoriété publique un gadget pour faire croire que l'on s'occupait des femmes, et qu'on donnait toujours à la fin de la tournée des portefeuilles pour une quelconque affamée restante. C'était encore sous-estimer l'affamement de la ministre, qui était prête pour l'occasion à transcender son passé. En matière de féminisme, elle avait revendiqué quelques bases même si sa carrière avait été plutôt orientée vers les cadres dirigeantes et les entrepreneuses que vers les sages-femmes et les patientes : des programmes de coaching pour la prise de parole en public, une « pépinière de bourses féministes » fondées avec quelques grands groupes ou bien des « women's forums » où l'on mangeait des bo bun végétariens en cherchant des stratégies pour que les épouses d'expatriés puissent rattraper des points de retraite. Son expérience en tant qu'épouse à Dubaï était d'ailleurs la clef de voûte de son engagement féministe : elle avait à l'époque fondé une association d'« aide au dialogue interculturel » pour les employeuses avec leurs employées de maison immigrées, où elle dispensait des conseils (l'édition d'un guide, ainsi qu'une hotline) pour un management sur mesure en fonction des origines des femmes de ménage. Elle recommandait par exemple « la bonne distance » à avoir pour « ne pas effaroucher les Asiatiques » ou « les cadeaux bien sentis » pour toutes les femmes « originaires de la péninsule arabe et d'Afrique ».

Il n'y avait donc rien là pour les sages-femmes… Mais bien contre leur gré, elles avaient été obligées de dresser l'oreille quand Laure Pasquet avait parlé du phénomène de baisse de la contraception médicamenteuse chez les mineures et de « recours compensatoire excessif à l'IVG », « surtout dans certaines cultures ». Que des mots, avaient-elles d'abord pensé, mais elles avaient vite reçu des circulaires énonçant des consignes au sujet de la prévention qui étaient si ineptes – sans aucun rapport avec les statistiques, non financées et, même si elles l'avaient été, inapplicables pour le suivi des patientes – qu'elles avaient fini à la poubelle. Cependant, le mal était fait, elles n'arrivaient plus à ignorer la ministre… Elles avaient suivi sa longue campagne contre le harcèlement de rue et les « problèmes libidinaux et agressions sexuelles » qui étaient devenus, là aussi, « culturels ». Aussi longtemps qu'on l'avait alertée, six cents fois, sur les besoins financiers des associations d'aide aux victimes. Mais les clefs de bras, les poings dans la figure, les coquards et les déchirures des muqueuses n'avaient eu aucun effet sur les dotations pour les appartements d'urgence. Mais la découverte du corps d'une étudiante suppliciée dans le bois de Boulogne et l'arrestation de son bourreau, un homme musulman sans papiers, avaient été pour la ministre un vrai déclic concernant la violence masculine. Elle avait fait le tour des plateaux télévisés auréolée d'éclairs. Elle s'était passionnée et avait soudain trouvé un zèle de cavalière pour ces allées obscures pleines de putes sans papiers – celles-là mêmes sur lesquelles les services de maraude des hôpitaux de l'Ouest parisien essayaient d'attirer l'attention depuis des mois, demandant des régularisations d'urgence à même de les sauver du chantage de leurs souteneurs, mais dont les courriers ne lui étaient pas parvenus. Les sages-femmes avaient écouté ses interventions télévisuées en faveur de « l'expulsion des citoyens étrangers auteurs de violences sexuelles » et, sans plus de commentaires, elles avaient continué d'assurer des consultations « violence sans préjugés », débordant de femmes victimes de maris cogneurs, de copains violeurs et d'oncles incesteurs de tous les âges, de toutes les origines et toutes les religions.

Cet été enfin, Jill découvre que la ministre passe un cap dans sa recherche éperdue d'amitiés, surtout certaines, et son envie d'en découdre avec la gloire. La dépêche qu'elle lit depuis son canapé, à deux heures du matin, lui apprend à présent qu'il existe un contraste choquant entre « certaines familles trop nombreuses » bénéficiaires d'allocations sociales et la situation de certains couples « subissant une pression économique qui les entrave dans leur désir d'enfant alors qu'ils sont pourtant mieux insérés ». La ministre veut faire quelque chose contre ce scandale : « En effet, quand il y a des excès d'un côté et un manque de l'autre, c'est bien simple, il faut une politique de sanctions et d'incitations. »

Jill, elle, voit des hommes et des femmes inconnus changés en cibles. Femme bleue dans la lumière LCD de son smartphone, pâle et électrisée, elle atteint l'heure des pensées en rebonds et cascades les plus incontrôlables, les plus sombres, et elle ressent dans ce communiqué une forme d'attentat vis-à-vis de la patience, des gestes et des pensées de sa profession, d'autant plus ravageur qu'il ne s'avoue pas. Elle se lève pour se faire une tisane, essayer de se calmer et pour se calmer, elle se relance dans d'autres boucles de réseaux sociaux, après la ministre elle en arrive sans s'en rendre compte aux Deux Guerres, comment fait-elle ? Pourquoi ne pas plutôt s'emparer des albums de *Cornebidouille* ou des *La Fabuleuse Histoire de la poire géante* qui traînent à côté d'elle sur le canapé, ou aller enfin prendre une douche et implorer l'oubli sous l'eau chaude, elle scrolle et lit les commentaires, ouvre les liens, lit encore. Les nouvelles des Deux Guerres lui parviennent, là aussi, au filtre des réseaux professionnels. Donc elle a beau savoir qu'il y a aussi les adultes. Les vieux. Les militaires des deux sexes. Les humanitaires, les journalistes, les photographes. Tous ceux-là qui souffrent ou tentent de porter remède à la souffrance. Et ceux qui cherchent à l'augmenter. Les êtres humains qui lui parviennent, à elle, n'effacent pas tous les autres mais elle a d'eux une vision primitive, la condition invisible sans-laquelle-sinon-rien. Ce sont celles et ceux des maternités éventrées. Des pouponnières improvisées. Les appels au secours des collègues sur le terrain, les « plus d'eau potable » ou « plus de lait », les « dix césariennes en urgence dans la journée » et les mots « que des prématurés » ou « perte de chance ». Elle sait que cette image qu'elle reçoit n'est pas toute l'image. Que l'onde du présent traverse tous les âges de la vie mais elle n'y peut rien, ceux qui s'échouent devant elle ne sont âgés que de quelques jours à peine. À cet endroit, elle se tient, et se perd, à parcourir ces informations dans le silence de son appartement et à connaître tous ces mort-nés. À voir venir à elle une armée d'hommes et de femmes réclamant la vie qu'ils n'auront pas.

Elle aimerait parler à Karim pour lui confier son angoisse mais Karim dort d'épuisement de sa journée de travail. De plus, que dirait-il de la compassion qu'elle exprime depuis son bord du monde pour tout ce dont il évite de lui parler ? Non, il ne faut pas déranger Karim, il ne faut pas le réveiller, pas lui dire. Elle ferme son téléphone, elle l'éteint tout à fait cette fois et reprend sa divagation dans son appartement. Ça y est. Elle atteint le moment de pleine mer. Elle tend l'oreille aux trois hauteurs de souffles qu'elle entend en passant près des chambres entrouvertes, grand, petit, tout petit, elle écoute cette partition comme si elle voulait en connaître chaque note. Retourne sur le canapé et tire sur ses épaules la couverture qui traîne à côté des albums illustrés pleins de sorcières qui gonflent jusqu'au ciel et rapetissent comme des souris, de pets magiques, de baignoires dans lesquelles on a hissé des voiles pour qu'elles s'envolent.

Elle attend. À son tour, plutôt que ces flux d'actualités qui lui parviennent sans voix qui les porte, ces histoires qui circulent sans corps et qui cherchent à se loger en elle pour la faire hurler, elle aimerait que quelqu'un lui raconte et elle sait qui. Elle connaît chacune de ses intonations, chaque trait de son visage, son odeur et le grain de sa peau. Jeanne aimait cela, lui raconter des histoires quand elle était petite, autant que Jill aimait l'écouter. « Tu sais où se trouve Ninive, Jill ? » Oui, dans les sables d'Assyrie, en Mésopotamie. Elle répond par ces noms qu'elle est alors incapable de placer sur une carte mais qu'elle est sûre de connaître puisqu'elle connaît mieux que tout la bouche qui les prononce. Elle s'imagine une ville-forteresse sur le dos d'un hippopotame au derme poinçonné de milliers de signes. Qui se couche et qui bâille près d'un étang, une touffe de roseaux dans la gueule, pour que commence le récit qu'on va déchiffrer sur ses flancs. Jill écoute. Si Babylone sort de la bouche de Jeanne alors Babylone existe, c'est aussi simple que ça de même que le désert et le diable existent, la colombe et l'Apocalypse, aussi vraies que le visage de Jeanne et ses lèvres brunes. Elle a tant regardé ces lèvres ourlées de noir, murmurantes. Elle se demande si un jour elle aura une voix comme la sienne, ce qui suppose lui semble-t-il d'avoir aussi cette bouche qu'elle convoite pour elle-même, indispensable pour devenir aussi belle. Sans même un livre, sans une image, Jeanne s'assoit près d'elle le soir et lui raconte des épisodes de la Bible. Pour sa fille, elle ne veut garder que cela de l'éducation beaucoup trop catholique à son goût qu'elle a laissée loin derrière elle : des morceaux de récit dénudés de toute prière, une habitude que Jill a reprise avec ses propres fils. Et ce soir, drapée dans la couverture en laine qui lui sert à naufrager ses siestes sur son canapé, Jill se souvient de Ninive et de la question : « Est-ce que tu sais pourquoi ses habitants ont été sauvés ? » À l'époque et aujourd'hui encore, elle n'a jamais très bien compris quels étaient les crimes des habitants de Ninive. L'histoire le dit à peine de sorte que sa compréhension d'enfant oscille entre la vision d'une ville coupe-gorge et un sentiment d'injustice absolue car leurs péchés semblent un peu flous… Qu'ont-ils fait pour mériter tant de rage ? « Des crimes », a dit Jeanne. Et aussi : « Ils ne croient pas en Dieu. » Alors Dieu leur envoie Jonas, son prophète, « et contre toute attente, ils se convertissent, fin de l'histoire, Jill ? Mais non ! ». Car Jonas continue de vouloir les punir, les détruire, les massacrer au-delà du pardon de Dieu. Il réclame leur mort à cor et à cri, il s'entête dans sa haine mais Dieu refuse. « Est-ce que tu crois que c'est leur pénitence qui suffit à Dieu, Jill ? » Non. Jill observe, sur le visage de sa mère, les marchés, les passants, les palmiers, les bestiaux qui sont sortis du mot « Ninive » et dont le sort est suspendu à présent aux lèvres de Jeanne et à la question qu'elle attend le plus, si le châtiment est refusé, dit sa mère, ce n'est pas grâce à leur pénitence mais parce que la ville est « pleine de bétail innocent » et aussi parce qu'elle abrite « vingt-six mille créatures incapables de distinguer leur main droite de leur main gauche et Jill, sais-tu qui sont ces créatures ? ». Jill sait, mais elle se tait car elle attend encore la question suivante, qu'elle espère et redoute : « Est-ce que tu peux me montrer ta main gauche, ma chérie ? » Une fois sur deux, Jill se trompe ou bien la fois suivante elle fait semblant de se tromper, elle aime trop entendre sa mère énoncer la réponse. « Ce sont les enfants. Dieu ne peut pas massacrer une ville où il y a des enfants. C'est interdit, tu comprends ? C'est interdit, même pour Dieu. » Les années passent encore et Jill ne peut même plus feindre de confondre sa droite et sa gauche, mais Ninive comme un poing fermé continue de dissimuler quelque chose de douloureux. Dieu épargne les enfants mais il peut exister une colère humaine plus grande que la sienne, comme celle de Jonas : c'est cela aussi que sa mère lui apprend. Jill la regarde se lever et quitter la chambre en allumant une petite lampe près de la porte, elle essaye de capter de toutes ses forces tout ce qu'elle peut encore rassembler pour la nuit de son regard déjà ailleurs, de sa bouche raconteuse qui s'est tue mais envoie un dernier baiser. Dans la lumière électrique, elle reste seule avec une vision dont elle n'ose pas parler, celle des enfants de Ninive levant leurs bras en demande de pitié et de certains d'entre eux qui n'ont plus de main, ni droite ni gauche, parce que la cruauté insatiable d'un homme a ôté du monde le moindre sens.

Jill se lève pour se faire une autre tisane. Elle verse l'eau chaude dans la tasse en faïence qu'elle aime bien, dont l'émail bleu laisse voir en transparence la glaise rouge. La chaleur irradie au travers des fines parois et éveille en elle une sensation familière qui dérive d'abord un peu hors de portée, qui tangue et qu'elle essaye de recueillir en s'asseyant avec précaution et presque au ralenti dans le fond du canapé, cherchant la meilleure posture pour que le liquide brûlant ne déborde pas tandis que le souvenir emplit ses mains. Ça y est, son bassin est calé, et ses genoux repliés contre elle, elle retrouve le chemin qu'elle cherchait. Ce contact presque fuyant ressemble au corps des nouveau-nés, leur chair si chaude sur leurs os si fragiles, leurs muscles qui tiennent pourtant avec force à leur squelette d'oiseau. Elle aura pu revivre cette sensation chaque semaine de sa vie. Elle aurait pu l'égarer après la naissance de ses propres enfants mais s'est donné la chance de sans fin la retrouver.

Dans son appartement flottant, Jill refait un tour de vigie et chasse une dernière fois les souvenirs, les pensées qu'elle a écoutées tout son soûl. À présent, elle ouvre la fenêtre du salon et laisse le vent tout disperser, l'actualité, la maladie de Jeanne, son travail qui ne tient pas sans elle et surtout ce que signifient ces deux mots, « sans elle ». Elle ne doit pas paniquer. Elle ne doit pas défaillir, ajouter de la peur au crime et de la peur à la peur. Elle ferme la fenêtre et revient écouter les souffles, le grand, le petit et le très petit. Puis débarrasse le canapé des livres et des jouets qu'elle pose par terre, attrape la couverture, s'endort.

Elle entre précédée par son ventre. Vraiment, elle n'avait pas anticipé cet accueil, les collègues qui s'exclament, félicitent, elle entre dans la pièce tel l'éléphant d'un raja, une sainte de procession, une caravelle revenant des Amériques. On s'écarte sur son passage en la congratulant. Elle, elle prend l'air modeste et sérieux de qui sait accueillir les compliments sans vouloir éclipser personne, et qu'il y a du sérieux qui les attend, au-delà de ses sept mois de grossesse. Elle a intérêt à changer de sujet avant que d'autres ne le fassent, ce serait vexant et aussi un peu risqué, voire dommage, pour elle qui a toujours si bien maîtrisé les mœurs locales. Ce vendredi de novembre, ils se retrouvent chez Ariane Geoffroy pour faire un premier tri dans les propositions de communications. Ils ont hésité avec un lieu plus officiel, Marguerite avait réservé une salle de réunion sur le campus Condorcet, à Aubervilliers, mais assez rapidement Ariane a dit : « La 102 ? Et pourquoi pas la cafétéria de Fleury-Mérogis, pendant qu'on y est, laissez tomber et venez à la maison. » Ils ont eu raison d'accepter ceci dit, l'appartement d'Ariane a certainement une meilleure vue sur la capitale. Il règne, depuis un cinquième étage à Montmartre où celle-ci a fait prospérer son mariage avec un banquier, énarque et fils de famille. Alors que celui-ci ne fait plus grand-chose d'autre que toucher les dividendes de ces différents statuts – il a soit monté une boîte de conseil dans les médias, soit pris la présidence d'une fondation pour le sport, Marguerite ne sait plus très bien lequel des deux –, Ariane fait montre d'un appétit de carrière qui ne s'est jamais démenti. Depuis leur mariage, au début de ses études, elle est devenue maîtresse de conférences et professeure, vice-présidente du jury d'agrégation d'histoire puis directrice de laboratoire tout en multipliant les loyautés et les honneurs, jurée à la Fondation Thiers, jurée au Prix de la chancellerie, présidente pendant cinq ans du Prix de thèse Christine de Pisan, elle est membre de trois comités de rédaction, dirige une dizaine de thèses, elle siège au conseil d'administration d'Osez le féminisme ainsi qu'à celui de la Fondation Vania contre les violences sexuelles, et son séminaire à l'INED affiche complet.

Qu'elle ait pris la direction du colloque de l'université Paris Cité pour la commémoration des 50 ans de la loi Veil n'est évidemment une surprise pour personne. Du moins paraît-il peu opportun de le dire en public, malgré les motivations parfois étranges qui sont les siennes. « Il faudrait que la ministre des

Droits des femmes prenne la parole » est, depuis le début des échanges auxquels a assisté Marguerite, sa principale contribution à la gouvernance scientifique du colloque, « et je m'y engage », ajoute-t-elle au début de la réunion dans son appartement, avec un air grave, empreint d'une conviction qui semble pousser les enjeux et les responsabilités de chacun à un degré aussi vital que si elle avait dit « car si on échoue, si la ministre n'est pas là, les médecins qui pratiquent l'IVG devront faire leur mea culpa sur la chaîne YouTube de Civitas » ou bien « sans cela, les subventions du Planning familial seront réinvesties dans le gaz russe ». Elle s'étire et sourit, elle est capable de rester avenante quoi qu'il arrive, en maintenant dans sa voix le sentiment d'un danger dont la cause est toujours mystérieuse, ce qui a le pouvoir de mettre en alerte en permanence ses interlocuteurs. Marguerite a toujours trouvé son assurance étonnante pour une chercheuse ayant un si petit bilan scientifique, des publications qui sont surtout des synthèses des travaux des autres, quand ce ne sont pas des inventions conceptuelles détachées du moindre élément d'enquête. Mais sa position institutionnelle les transforme rapidement en mots-clefs incontournables dans les publications, attirant des centaines de milliers d'euros en programmes de recherche.

Au début de la réunion qu'elle a conviée chez elle, avant de procéder à un premier écrémage des communications dont on hésite à croire qu'elle ne l'ait pas déjà conclu en son for intérieur, Ariane a un mot étrange à propos de l'avortement envisagé « d'un point de vue culturel ». Une remarque qu'elle arrive à prononcer de façon presque invisible en faisant glisser les cafés autour de la table en marbre, dans un moment qui ouvre la séance de travail sans en avoir l'air avec cette série d'expressos exhalés d'une machine à capsules d'aluminium qu'elle actionne tout en commençant le délibéré de la séance. « On a de bonnes propositions, c'est certain, mais on doit être plus que jamais attentifs à notre indépendance scientifique. » Elle s'assoit, « et ne pas céder aux pressions culturelles », dit-elle en faisant sombrer un sucre dans sa tasse et en tirant sur une Pall Mall qui fait partie de sa performance commémorative ininterrompue d'hommage au MLF, avec d'autres éléments de panoplie tels les foulards en soie et le fard à ses paupières. Elle accompagne cette recommandation d'un sourire aux yeux écarquillés, ses sourcils montent si haut qu'il devient impossible de ne pas sourire en retour si l'on croise son regard, ce qu'esquive Marguerite, elle la pratique depuis trop longtemps pour se faire piéger de la sorte, elle se penche donc aussitôt sur son agenda, tout en redoublant d'attention à ce qui est dit. Dans cette perspective, continue Ariane, le topo d'une jeune démographe avec laquelle elle travaille en ce moment à propos des liens entre avortement et contraception, « entre avortement et recul de la contraception » – la directrice du colloque réitère son sourire ascensionnel –, « surtout dans certains contextes socioculturels, socio-religieux », lui paraît non négociable. Sur son iPhone, Marguerite google subrepticement le nom de la démographe en question, qu'elle n'a jamais croisée, montre l'écran à Jérémy, assis à côté d'elle et qui secoue la tête d'un air dont elle démêle mal la part de consternation, et la panique de se faire exécuter pour mutinerie, à savoir de perdre une voix aussi importante pour la campagne de professeur qu'il entame l'an prochain. En cherchant rapidement, elle n'a guère de difficulté à trouver la signature de ladite démographe, à côté de ses publications académiques, dans une sorte de magazine culturel en ligne très empressé sur le sujet de la culture française dont Marguerite ne savait pas qu'elle était à ce point abîmée, outragée, presque disparue en fait, hormis dans ces pages qu'elle est en train de découvrir. La collègue et future invitée du colloque y intervient comme rédactrice tous azimuts sur les questions de mœurs, de genre et de sexualité et elle propose, dans un article récent, une curieuse analyse du « déclin de la contraception chez les plus pauvres et notamment les populations les moins éduquées et culturellement les plus hexogènes, moins bien acculturées à la contraception médicamenteuse ce qui les pousse à un recours plus fréquent à l'avortement-régulateur de naissance, coûteux et archaïque, ou tout simplement et dans beaucoup plus de cas, à une sexualité à fort rendement reproductif ». En face, elle sent que leur collègue Léna, les yeux baissés sur son smartphone, frissonne un peu, peut-être vient-elle de faire la même lecture ?

Elle est tentée de, lève les yeux et s'éclaircit la voix puis, au moment où Marguerite se prépare elle aussi, s'apprête à faire chorus, Léna avale une gorgée de café et se fige. « Puisque c'est bon », annonce Ariane les yeux baissés sur ses notes, ce qui l'abstient de percevoir ce qui l'entoure, « je propose qu'on se dise quelques mots sur le côté organisation. L'excellente nouvelle, c'est que, grâce au cabinet de la ministre, on a obtenu le grand amphithéâtre de l'école de médecine ». Enfin, levant les yeux pour collecter la satisfaction : « Je trouve que voilà une enceinte, si je puis dire, vraiment à la hauteur de Simone Veil, et compte tenu de ce que c'est de faire affaire avec la faculté de médecine, pour une fois je ne vais pas pécher par excès de modestie, vous voyez que ce n'était pas gagné d'avance. J'ai accepté que la ministre fasse l'ouverture du colloque, je trouve ça normal compte tenu de ce qu'elle nous accorde. Et en clôture, il y aura un temps d'annonces plus opérationnel par le directeur des politiques de santé sexuelle de Santé publique France. On ne perd rien à être dans le concret et je dirais même que ça ne peut pas faire de mal, pour une fois. »

Tout ceci nous amène un peu loin de l'indépendance scientifique rêvée, se dit Marguerite qui passe le quart d'heure suivant dans un espace-temps intérieur. Dans son ventre, le bébé a commencé à s'agiter, à esquisser des coups épars contre la paroi et cette conversation en morse intime la détourne de l'échange qui a lieu au-dessus de la table, et elle pense d'abord qu'elle la sauve. Elle aimerait se lever et partir.

Ou éclater de rire, hurler, attraper son manteau et sortir en se retournant pour faire des doigts d'honneur. Dans son scénario imaginaire, elle invite auprès d'elle une de ses filmeuses favorites, qui débarque avec son Portapak et s'assoit sur la table pour capturer Ariane tandis qu'une copine auréole sa tête de slogans en carton : « Pour une phallocratie à visage féminin », et « Je suis pas raciste j'ai une doctorante noire ». Marguerite vaque à son tournage pirate et grâce à cela cette femme qui parle l'intéresse de moins en moins, la contredire serait un suicide, mais le suicide paraît doux plutôt que de l'écouter donc elle descend plus encore dans ses pensées, son refus.

Elle ne refait surface qu'en entendant son nom, à côté de celui de Jérémy, et accolé à une succession de corvées dont certaines sont standards, il faudra faire un rapport en vue de la sélection finale des communications, s'assurer plus tard avec les labos que tout le monde ait son billet de train ou billet d'avion ; et d'autres plus inédites dont elle ne prend conscience que peu à peu : « donner de la matière intellectuelle au cabinet » sur l'événement, « pour que la ministre puisse s'impliquer un maximum et qu'elle ait de quoi nourrir son propos introductif ».

Jérémy lui jette un coup d'œil tandis qu'elle sort de sa torpeur. Elle hésite et trébuche sur ce qu'elle vient d'entendre et considère le visage désabusé de son ami, distant et un peu rieur, ce qui la trouble encore plus. Elle sait que les compromissions se gèrent au cas par cas, qu'il faut savoir en prendre et en laisser dans une carrière, et que ces choix ne sont pas toujours les mêmes pour chacun, pas au même moment. Mais elle éprouve en cet instant un sentiment d'abandon absolu, et panique. Elle a quitté la table trop longtemps en rêve et cherchant des mots dans sa hâte, les seuls qu'elle trouve sont les suivants : « Je ne sais pas si je peux continuer à m'occuper du colloque pour décembre. » Il y a un drôle de silence apitoyé autour d'elle, tout le monde attend et elle ajoute : « Je serai presque à terme ! » Elle s'entend prononcer le point d'exclamation. Elle ne sait pas d'où lui vient son ton enjoué. Elle n'a jamais été témoin de ça, en elle : une politesse qui soudain l'empêche de placer une demande personnelle, vitale, sur un ton autre qu'aimable. Comme cherchant à se faire tapoter la joue. Elle pourrait décider par elle-même : oui, ça l'intéresse de s'occuper de tout et d'éprouver la plénitude de ses capacités pendant sa grossesse, et d'en juger elle-même ; ou non, elle désire se reposer, penser à autre chose. Et annoncer sa décision prise. Pourtant, elle vient de s'en remettre aux autres. Elle qui est plutôt connue pour son aplomb… S'enfonçant dans l'excuse, prolongeant à s'en torturer les tympans sa propre note flûtée, elle ajoute : « Je serai à un mois du terme, normalement en plein congé de maternité… »

Ariane se tourne vers elle. Avec son visage souriant, joyeusement colorisé par les fards, elle a l'air innocent d'une proxénète. Elle éclate de rire. « Ce n'est que ça !

Je te rassure tout de suite. Moi, j'ai passé les oraux d'agrégation enceinte de huit mois et demi ! Et j'ai fini ma thèse de doctorat pendant que j'attendais les jumeaux ! Non, franchement, Marguerite, tu peux y aller tranquille... » Et pour donner à son propos une note savante, une référence encore plus prestigieuse et incontestable qu'elle-même, elle ajoute : « Toi qui as lu les Mémoires de Gisèle Halimi... Tu sais bien qu'elle était encore en robe d'avocate au palais de justice, en train de plaider, le jour de ses trois accouchements – une fois, tu te souviens de ce passage, c'était même pour Sartre ! Et voilà une femme qui montre le chemin quand même... » Avec une légèreté de bergère conduisant derrière elle un troupeau de meubles Louis XV, ignorant l'existence de la femme de ménage qui les époussette chaque jour, qui lave la salle de bains et fait la cuisine, oubliant la maison de campagne dans le Perche et les baby-sitters qui se sont succédé nuit et jour dans ce salon pour garantir au couple nuptial son labeur et ses loisirs, « je me permets, dit-elle, d'ajouter que choisir entre une carrière universitaire et une vie de famille, ça n'a plus de sens ! Heureusement qu'il y a des progrès dont on peut jouir, et ne pas se priver de certaines opportunités... Écoute... » Son ton se fait tendre, Marguerite clapote dans un cauchemar de sucre : « D'ici là c'est vrai, tu seras en congé, tu n'auras plus rien d'autre pour t'encombrer. Et Jérémy t'aidera. Vous faites quand même un bon duo tous les deux. »

Elle en est encore à sourire et à faire des saluts d'automate quand le groupe se disperse sur le trottoir.

Jérémy lui fait signe de loin qu'il va l'appeler et elle hoche la tête en le voyant partir, sentant juste poindre un début de solitude suffisant pour rassembler son corps et ses pensées, et se mettre en marche. Elle se dirige vers la ligne 2 du métro, le trajet aérien qui dépite tant Zazie lui fait du bien à elle, en entrant dans le wagon elle dégage le sac en bandoulière qui entrave son ventre et ouvre un peu son manteau, elle se fait l'effet d'un exhibitionniste mais au moins ça marche, des gens se poussent en produisant des moues d'exaspération ou des oh d'extase et la laissent choir près d'une fenêtre. Regarder d'en haut les immeubles et les avenues qui défilent commence à entamer quelque chose, une fissure possible dans la statue de sel qui descend d'un pas raide à la station Belleville. Elle décide de marcher jusque chez elle, mais en chemin elle constate que les rues à flanc de colline et la fatigue ne lui permettent pas d'aller plus loin que le parc. Il est quatre heures et demie et l'endroit accueille tous les enfants du quartier, avec les mères, quelques pères et les nounous qui tentent ici, malgré le froid, de dériver une dernière explosion d'énergie avant de ramener les petits dans les maisons.

Marguerite s'assoit sur un banc à côté d'une poussette bardée de sacs de courses. Elle est emmitouflée dans le grand manteau d'homme qu'elle a chiné il y a peu, qui lui fait une allure de pèlerin. L'absence de mouvements dans son ventre dure depuis le métro et lui fait l'effet de surveiller comme toutes les autres mères tous ces enfants qui courent sur le terrain de jeux, jusqu'aux lisières du crépuscule où leurs silhouettes se brouillent. Des appels retentissent en permanence pour les ramener dans le champ du visible, ils repartent aussitôt dans toutes ces directions incontrôlables. Marguerite a déjà l'habitude d'entendre se taire la petite pendant qu'elle-même est en mouvement, ce savoir s'est déposé en elle juste assez pour ne pas céder à la panique, pour qu'une lecture sereine et experte domine ses pensées, mais une note tendue et inquiète persiste. Il n'y a pourtant pas tant de place pour disparaître entre mon bassin et mon sternum, se dit-elle pour se rassurer, en vain. Quelque chose de nouveau en elle prétend depuis quelques semaines connaître toujours mieux la gamme des coups tordus de la tragédie, et raille la légèreté à laquelle elle persiste. Elle n'est encore, dans l'excès de tissus et d'écharpe qui la dissimule, qu'une mère clandestine parmi les autres mères, pourtant elle les a déjà rejointes dans leur invocation sans fin contre le malheur. « OK regarde, je ne bouge pas, là. Tu es au calme. Tu peux me dire un truc maintenant ? » Elle s'en veut pour la scène chez Ariane. Elle aurait dû beaucoup plus se défendre. Ou, tout au contraire, s'imposer une indifférence telle que son corps aurait absorbé le choc sans une éclaboussure ni une onde, afin de laisser tranquille cette petite qui n'a rien demandé. Elle ne sait pas lequel des deux. En appuyant subrepticement sur les parois de son ventre, elle implore encore une fois une réponse. Rien. Quel désespoir, ou quelle coquine. Elle ne sait pas.

En attendant dans une immobilité qu'elle souhaite propice pour encourager le bébé, elle laisse son regard aller et venir entre les attractions : un portique de balançoires, des toiles géantes en Nylon grimpant à flanc de colline, un château fort avec coursive flanqué de divers dispositifs d'assaut et d'évasion selon le sens où on les prend. Il y a aussi une série de toboggans qui profitent du terrain en pente et qui l'intriguent, des tubes en aluminium où les enfants se jettent et disparaissent quelques secondes avant d'être recrachés en aval, des toboggans-vulves qui expulsent à l'infini les gamins et leurs cris.

En attendant encore et encore qu'elle bouge, sa petite, Marguerite se raccroche au souvenir de l'échographie qu'elle a passée il y a trois jours, et qui a révélé sa fille dans l'aura de mouvements et de rythmes que le compte rendu d'examen nomme « vitalité habituelle », le même compte rendu qui a établi le sexe féminin et détaillé des séries de chiffres, de membres et d'organes qui tous ont reçu le qualificatif « habituel », et jamais Marguerite n'aurait cru que ce mot pouvait contenir autant de joie. Il existe dans son ventre une petite fille habituelle : c'est écrit et attesté par le passage de la sonde et d'une machine Voluson Expert, « un bolide », s'est réjoui l'échographiste qui venait de l'acquérir, ce qui permet de conférer à la mention « habituel » un degré supplémentaire d'exactitude proche de parfait, a conclu Marguerite. Grâce aux ondes Voluson il lui a été possible, pendant un quart d'heure qui lui a semblé une éternité, de descendre sous l'eau avec l'enfant pour l'observer. Elle l'a vue, entourée d'un silence épais, noir, elle était accessible jusque dans les nervures de son cerveau et pourtant si loin, si muette. Resplendissante, dans la charade de son corps déclinée par la voix du médecin, pieds, poumons, lèvres et lobes du cœur, mais aussi absente qu'un gisant, fémurs et cage thoracique d'une blancheur de mort.

« Il y a un bébé dans ton ventre ? » Elle baisse le regard sur l'enfant, un petit garçon, qui se tient devant elle. Il a posé une main sur son genou et la regarde. Trois ans à peu près, des yeux qui luisent entre le bord du bonnet baissé sur ses sourcils et son nez qui coule. De sa main libre, rougie par le froid, il tient un biscuit au chocolat nappé de morve : « Tu veux un gâteau ? » Elle se confond en refus polis qu'il écoute à peine, passant à d'autres sujets : « Elle bouge. – Comment ça ? – Ton bébé dans ton ventre, elle bouge. » Marguerite hésite et se rend compte qu'il n'y a pas eu de point d'interrogation entre les lèvres pleines de miettes mouillées, et se laisse saisir par un nouveau coup de tête, de coude ou de pied, et l'ondoiement de tout le corps suivant ce coup : « Oui ! » C'est vrai, elle bouge à présent, « mais comment tu sais que c'est une fille ? ». L'enfant hausse les épaules. Ça paraît si évident qu'elle n'insiste pas, il demande : « Elle s'appelle qui ? », et cette question la plonge dans l'embarras, elle n'a pas encore assez réfléchi, un prénom, « c'est tôt quand même », « il faut attendre », prétexte-t-elle sans trop y croire, le garçon hausse à nouveau les épaules devant tant d'incompétence accumulée. « Et toi tu t'appelles comment ? – Daniel. Daniel Élélion », précise-t-il, comme déclinant un nom de famille ou annonçant un cortège de fauves qui l'attend quelque part sur le terrain de jeu. « Ma maman est là-bas. Elle pieure parce que Mamie sa maman est malade. Elle a un dzent qui marche pas ! » Marguerite suit son geste des yeux et aperçoit une femme dans la brume sur le banc d'en face, qui semble mener au téléphone une conversation pleine d'embûches. « Et là mon frère est là. » Un autre garçon s'approche, plus grand, à qui Daniel explique que Marguerite attend un bébé, que c'est une fille et qu'elle bouge, « tu la vois ? » « Ah oui ! Et t'as vu ? Elle a la tête à l'envers », commente l'aîné. « Notre maman fait sortir les bébés des ventres des autres mamans mais ça fait mal », explique-t-il. « Même en prenant la piqûre de permis-du-mal, c'est dur… » Daniel se penche et ramasse quelque chose qu'il dépose dans la main de Marguerite : « Tiens ! C'est pour elle, ton bébé. » Elle regarde dans sa paume le marron sec et gris, le dernier marron restant de l'automne en train de disparaître dans la nuit qui tombe autour d'eux, et Daniel lève un index près de son visage : « Attention ! Elle ne doit pas le mettre dans sa bouche, c'est dangereux. Tu lui dis, hein ! » Il s'éloigne un peu, se retourne et lève encore le doigt : « T'as compris ? » Son frère le rejoint tandis que là-bas sur le banc, leur mère raccroche en essuyant les coins de ses yeux, se lève, appelle « Daniel ! César !

On y va… », et Marguerite se lève aussi, d'un même mouvement quitte le terrain livré à l'ombre et aux lions, en glissant le marron dans sa poche.

Il y a un nouveau matin même si on n'est pas sûr que ce soit un matin, le réveil sonne au milieu d'une nuit aussi noire que le café dans la tasse que Jill promène avec elle d'une pièce à l'autre pour essayer de se réchauffer et déciller ses yeux, sur la tablette de la salle de bains, puis dans la chambre des enfants où elle invoque la sonnerie de sept heures, que personne d'autre n'a entendue, pour se faire pardonner la lumière qu'elle allume tout à coup, ses baisers brise-sommeil et ses allées et venues de plus en plus bruyantes. Elle croit qu'elle ne va jamais réussir à les hisser hors des songes, il flotte ici des lambeaux de brume sucrée, la sueur d'enfants évaporée de toute une nuit qui pourrait rendormir quiconque la respire pour mille ans. « Mais ! C'est pas le matin ! Il rigole, le réveil », commente Daniel, se dressant dans son lit au moment où elle s'y attend le moins. Il saute sur ses pieds en riant de ce cœur mécanique qui ne comprend rien, repousse le pull et les pantoufles que lui tend sa mère, c'est fou ce que les enfants ont chaud tout le temps pense-t-elle, de vraies chaudières ambulantes, elle passe ses soirées quand elle est là à remonter sur leurs épaules les couettes qu'ils rejettent sans arrêt de leurs corps bouillants. Daniel se hisse jusqu'au lit de son frère, colle son visage au sien, l'éveille dans l'instant, sourire contre sourire, et il l'entraîne vers la cuisine en réclamant leur petit déjeuner. Les pétales au chocolat s'épanouissent dans les bols en émail et Jill se refait un café en écoutant le tintement des petites cuillères.

« Elle arrive, Mamie ? – Oui, elle doit être dans le métro à l'heure qu'il est », puis on entend un fracas dans la rue, accompagné d'un faisceau blanc qui précipite les deux enfants vers la fenêtre. Juchés sur la plateforme de leur camion qui avance, grince et freine, grince et freine encore dans ses joints de caoutchouc et les bip-bip des avertisseurs rouges et jaunes, les éboueurs sont là et il n'y a plus aucun espoir d'attirer l'attention des petits à la fenêtre pour essayer de les vêtir. Il faudra laisser cette charge à Jeanne, ce dont Jill n'est pas fière mais, fataliste, elle jette sur le fauteuil de leur chambre tout ce qu'il leur faudra de pied en cap et profite de leur accaparement pour finir de se préparer.

« Ne vous penchez pas trop… », dit-elle par habitude en passant et « vous la voyez, Mamie ? – Non ! » Ils devraient, quand même… Elle se penche à son tour. Les éboueurs parviennent au niveau de leur immeuble, ils sautent sur le trottoir dans leur habit fluo à bandes phosphorescentes et s'emparent des bennes roulantes qu'ils traînent et hissent une à une jusqu'à la mâchoire poubellivore, dans le grondement incessant du moteur. Jill observe les visages de ses enfants dans la lueur des phares, le faisceau du camion balayant leurs cheveux ébouriffés, leurs yeux ravis. Elle aussi, le faisceau la traverse et tournoie dans sa poitrine, pendant quelques minutes elle ne fait que ça, s'offrir à cette lumière intermittente dont elle ne sait plus si elle la reçoit ou si elle l'émet, et projette son clignotement strident dans la rue. Cela dure le temps que le camion parvienne au bout de la rue et que la nuit se referme dans son sillage. Dans l'obscurité qui retourne au silence il n'y a toujours pas de Jeanne, Jill attrape ses fils et les ramène dans la pièce, en fermant la fenêtre avec un frisson. Pas de Jeanne, mais un coup de fil sur son téléphone portable dont la sonnerie s'éteint le temps qu'elle décroche. Elle voit que c'est le deuxième en cinq minutes mais elle n'entendait rien depuis la fenêtre. La personne qui appelle affiche un numéro inconnu et renonce à réitérer, mais laisse un message vocal qui se déclenche en même temps qu'un vacarme dans sa tête, au milieu duquel elle s'entend dire « ça recommence enfin ça se termine surtout », et saisissant des expressions qui lui semblent déjà enregistrées depuis des mois, « pose d'un nouveau stent », « rejet du premier implant » et « opération en urgence ».

Elle se fait remplacer pour la garde de jour. Et elle annule toutes celles qui arrivent, la semaine qui vient et la suivante. Après, on verra, se répète-t-elle. Après quoi ? Une question sans répit. En attendant que les Vironnes lui établissent un service en horaires de jour avec des consultations d'IVG, ou d'échographie et de suivi de grossesse, elle a du temps pour ne rien faire et s'ennuyer, et emplir son ennui de toute son angoisse. Le premier jour, après avoir déposé les enfants à l'école et à la crèche, elle se rend à l'appartement de Jeanne pour lui chercher quelques affaires. Elle n'était pas venue chez sa mère depuis au moins un an ou deux, pas le temps, pas l'occasion. Quand ils se réunissent à quatre, c'est toujours chez elle. Et quelque chose la retient d'aller dans cet appartement, un endroit qui n'est pourtant ni triste ni laid, au contraire, et où elle a vécu si longtemps elle-même… Mais c'est de ressentir la solitude de Jeanne et de se dire qu'elle n'y fait rien. Et ne faisant rien, d'y voir aussi celle qui pourrait être la sienne, un jour. Quand elle arrive, c'est un tout autre aspect de sa mère qui lui apparaît. L'appartement est dans un désordre de livres et de vêtements épars, des fruits dans une corbeille, des fleurs dans un vase, qui démentent net ses idées. D'ailleurs elle le sait, Jeanne n'a jamais vécu dans les embaumements de souvenirs, chez elle toute chose ou bien se lave ou se répare, ou bien se jette. Jill rassemble ce qu'elle trouve pertinent, deux pulls bien chauds et doux et deux leggings, des sous-vêtements, elle fait vite, elle sait déjà qu'elle cherche autre chose. Puis elle va dans son ancienne chambre qui est devenue la pièce du bureau, sans aucune raison d'y mettre les pieds, mais elle veut y voir. Et là aussi, une pièce agitée de multiples activités en cours et le bureau lui-même, masse vivante. Un cahier ouvert et plein d'encre bleue. Des livres empilés : un recueil de poésie, des revues sur le soin et la médecine et plusieurs livres d'histoire, comme une sorte de phrase formant ses pensées du moment. Bientôt le sac est prêt, dans l'entrée : pulls, leggings, sous-vêtements, examens, maladie, une autre phrase dont Jill ne veut pas. Alors elle décide de retourner dans le bureau. La disposition des objets sur la table de travail lui semble soudain étrange. En plus des objets épars, issus de la conversation solitaire de quelqu'un qui écrit, quelque chose a été ôté à son secret pour un autre regard et un autre jour, en reconnaissance de la douleur que ce jour puisse arriver.

Jeanne dort quand Jill arrive et il n'est pas question de l'interroger maintenant sur la lettre qu'elle a trouvée et qu'elle a lue. Dans un sac de voyage, elle a mis les vêtements ainsi que certains livres qui témoigneront de son passage dans le bureau. Elle dépose le tout sur une chaise en tubes métalliques et en Skaï pailleté qui semble idéale pour les visites et les confidences, même les plus silencieuses.

La lettre commence à s'accrocher en elle, semant les doutes et les rêves de cette autre, sa mère, mais qui lui semblent siens. Comment lui en parler dans son état ? Comment lui en parler jamais ? Le lendemain est un mercredi : elle se souvient du jour de la semaine parce qu'il est énoncé à la radio avec une actualité qui fait entrer des gouffres, au milieu d'une matinée de désastre immobile, à contempler son impuissance toute seule dans son appartement et de plus, « il pleut à boire debout », lui indique César quand elle arrive pour le chercher à l'école à midi. Ils déjeunent tous les deux en regardant le gris qui infuse derrière la fenêtre et Jill ressent plus que jamais de l'angoisse à l'idée de devoir sortir. Dès que la pluie s'arrête, ils partent chercher Daniel à la crèche pour l'emmener en promenade.

« Il est où ? » chuchote-t-elle dans le silence de la pièce aux murs en peinture blanche et coloriages, au milieu de tables et de chaises qui lui donnent l'impression d'avoir mangé le champignon d'Alice et d'être une géante, parmi les odeurs douceâtres de purée, de pâte à modeler et de lait pour le change qui nappent l'atmosphère, et des murmures étonnés lui répondent : « C'est encore l'heure de la sieste… » César et elles sont en chaussettes sur le lino bleu ciel, ils se regardent, interloqués. Ces chaises sont trop petites pour elle décidément, elle chancelle, bras ballants et s'échoue sur un tapis en mousse à côté d'une poupée mal coiffée et d'un ours en peluche. « Ah oui, c'est vrai, c'est vrai bien sûr… » À côté d'elle, sur une mini-table, une enfant dessine et un autre fait un puzzle, ils sont les premiers émergés du sommeil et ne prêtent nulle attention à cette extravagante personne qui vient déranger leur royaume. La grosse pendule indique quinze heures et la puéricultrice, toujours murmurante, ajoute :

« Mais c'est bientôt fini, si vous voulez, vous pouvez aller le réveiller, il est dans ce dortoir, là. » Jill met un doigt sur sa bouche en regardant César qui reste assis sans bruit, elle lui fait signe d'attendre, elle se lève et pousse doucement la porte en verre. Sur une dizaine de couchettes en toile de Nylon tendue sur des piquets à ras du sol, qui les font comme flotter, une dizaine de corps silencieux aux poings serrés, membres disposés chacun à sa façon comme autant de lettres d'un morceau d'alphabet. Son enfant est là et, dès qu'elle s'accroupit près de lui, il ouvre les yeux comme s'il l'attendait : « Tu viens avec nous, Daniel ? On t'habille ? »

« Et maintenant, on va où ? » Ils ont l'air de trois évadés sur un trottoir. « C'est vrai », répond Jill. Où aller dans cette brume de novembre ? Il est déjà un peu tard pour marcher jusqu'aux Buttes-Chaumont mais il lui faut des arbres, un parc, un endroit pour penser à ciel ouvert. Elle pourrait prendre la montée vers le parc de Belleville, mais elle continue tout droit sur le boulevard, et ils se retrouvent bientôt happés dans le demi-cercle blanc et vert de l'immense portail qu'elle a l'impression d'avoir cherché depuis le premier instant.

Ils entrent. Six jours après la Toussaint, le Père-Lachaise ressemble à un jardin paradoxal pour la saison. Sous le ciel à peine essoré, entre les arbres qui se dépouillent, le sol est couvert de fleurs lumineuses, froissées par la pluie et vivant leurs derniers feux en accéléré, des jaunes, orange et violets sont encore là et presque partis, léchant le gris des tombes, mouillés et près de s'effacer. Un jardin qui ne serait là que pour eux et que pour aujourd'hui, ils en arpentent les allées d'un pas de plus en plus alerte, le rythme et les règles du lieu semblant s'expliciter à mesure qu'ils avancent, les plis des allées recelant les carrés de tombes, aux tombes plus nombreuses chaque fois que l'on s'approche, paysage intérieur à Paris qui se révèle interminable. Les pavés font trembler la poussette dans laquelle Daniel s'est mis à chanter, à psalmodier des sons vidés de leurs mots, de pures syllabes d'un mantra connu de lui seul, écrit dans la partition des pierres déchaussées et décuplé par sa cage thoracique oscillant d'avant en arrière, tandis que César salue une à une les petites maisons des morts. Il quitte bientôt le chemin principal pour prendre toutes les coursives possibles, entrer dans tous les tombeaux. Jill se rend compte qu'il ne fait pas si froid, et d'avoir gagné l'air libre est la meilleure chose qu'elle ait pu inventer, elle aussi elle roule et elle cahote et trouve le loisir de réciter, en elle-même, la lettre, de l'égrainer dans les pentes. Elle en médite l'énigme et d'abord celle de la destinataire, elle ne sait pas qui est cette Simone Fabre à qui sa mère écrit en 1983, est-elle vivante ou morte ? Jeanne ne lui en a jamais parlé. Leur route suit des repères évanescents, des tombes à baldaquins sultanesques, des visages de bronze, le parfum de miel d'un choisya en fleurs. Jill constate d'un œil que Daniel a quitté la poussette pour rejoindre César et chasser les corneilles, mais la lettre continue à focaliser ses pensées.

« Maman, on rentre ? » La voix de César lui parvient à travers le marbre d'une pierre tombale plus grande que lui, derrière laquelle il est allé se cacher. Déçu par la distraction de sa mère, si absorbée en elle-même qu'elle ne l'a même pas vu disparaître, il reparaît tenant un bouquet de feuilles mortes. À côté de lui, sur la pierre dressée, il y a un visage aux joues tendres et aux yeux clos. La gravure insiste sur la ligne entre les paupières comme si elles étaient scellées, ou cousues, ce qui plonge le regard bien au-delà de toute démarcation humaine. Peut-être qu'on a voulu l'empêcher à tout prix de voir les deux dates qui sont en dessous, beaucoup trop proches l'une de l'autre – celles de sa naissance et de sa mort de petit garçon emporté par la phtisie en 1850, à l'âge de six ans. « Viens par ici mon amour, oui, on y va. » César lui donne son bouquet, qu'elle range dans son sac en essayant de ne pas éparpiller les feuilles. « Allez, on rentre. »

Elle entend des sifflets et regarde sa montre. Il n'est que dix-sept heures et la nuit tombe déjà, l'heure d'hiver est passée par là. Daniel est retourné s'asseoir dans sa poussette. Il a cessé de chanter. Ils croisent un gardien qui leur dit que ça ferme et leur indique la direction de la sortie mais, en bifurquant dans l'allée indiquée, dès qu'elle le perd de vue, elle se perd à nouveau. Elle veut consulter son GPS mais elle n'a plus de batterie sur son téléphone portable. Ils ont tous les trois le nez qui coule et elle n'a plus non plus de mouchoir, elle lâche une main de la poussette tous les vingt mètres pour s'essuyer dans ses doigts et César veut faire pipi, puis Daniel a soif. Elle s'accroupit pour lui donner une bouteille d'eau qu'il boit à grands traits, le bout de son nez s'épanchant sur le goulot en plastique qu'elle revisse à la hâte. Il commence à dire qu'il a faim et elle constate qu'il ne lui reste que deux biscuits du goûter, qu'elle lui donne. La nuit va les emprisonner ici, on dirait. Et César, comme entendant ses pensées : « On pourrait dormir dans celle-là ! » dit-il en lui montrant un caveau très élaboré, ouvert par un portique, orné de bancs en marbre.

Et Jeanne, que penserait-elle de cette situation ? À quel point serait-elle inquiète pour ses petits-enfants frigorifiés ? Consternée par sa fille et ses improvisations de promenades ? « Allez, venez, on va prendre un chocolat chaud. Venez venez, on rentre. » Le chemin s'incurve vers la gauche, la pente qu'elle cherchait depuis longtemps et elle reprend espoir, se mettant à courir derrière la poussette.

Les enfants jouent dans la nuit, à l'abri de leur chambre et Jill, qui a rechargé son téléphone, peut le ressortir tout d'abord pour appeler l'hôpital où on l'informe que Jeanne s'est réveillée et qu'elle a pu manger un peu avant de se rendormir. Elle pourra aller la voir demain. D'ici là, elle se cale dans le canapé et rallume son téléphone pour trouver la lettre qu'elle a prise en photo ce matin, elle n'a pas osé la prendre avec elle, elle se sent mieux de l'avoir ainsi, plus petite et illuminée par l'écran. Elle la relit et plus elle la relit, plus elle a le sentiment qu'elle aurait pu ne jamais la trouver car elle aurait pu ne jamais être écrite et elle, Jill, ne jamais exister. Elle se sent palpiter dans ce rayon de hasard, un 6 mai 1983 :

« Chère Simone,

J'espère que vous vous souvenez de moi. On s'est connues en 1969 quand j'étais étudiante infirmière à l'hôpital universitaire de Pointe-à-Pitre et nous avons travaillé ensemble au Planning. Mais j'avais vingt ans, une jeune femme pas très expérimentée et peut-être que c'est loin pour vous. J'ai appris que vous étiez rentrée en métropole, où je vis moi aussi depuis dix ans et la fin de mes études. C'est une ancienne amie du Planning qui m'a donné votre adresse à Marseille. J'espère que ça ne vous dérange pas que je vous écrive. J'espère que vous allez bien et que vous êtes contente de ce retour – pour moi ce n'est pas un retour, c'est un sol nouveau, même si mon arrivée ici était toute tracée compte tenu de mes études et du manque d'argent dans l'île, ainsi que le désir d'indépendance comme on dit, une expression un peu exagérée quand personne ne fait vraiment attention à vous. J'ai beaucoup de bonheur à être à Paris, je me sens libre, si on peut appeler libre d'avoir toujours en tête une autre terre où l'on ne marche pas, où vivent vos frères et sœurs et sont enterrés vos parents à jamais sans vous.

Mais je ne regrette pas. J'aime le travail à l'hôpital et être de ceux qui connaissent le mieux la ville, car je la connais à toutes les heures du jour et de la nuit. Je gagne ma vie, j'habite chez moi et non dans la maison d'un époux dont je serais la servante et je dirais même que je la gagne orgueilleusement, en soignant des personnes qui pour la plupart n'ont pas le quart du savoir que je possède sur ce qui est pourtant leur propre corps. Vous m'avez appris à l'époque à ne pas abuser de ce savoir mais ce que vous ne m'aviez pas dit, et que l'expérience m'a appris, c'est la gloire intime qu'on en tire et dont on ne sait pourtant que faire. Enfin, si on a un minimum de décence.

Je vous écris pour vous dire que je suis enceinte. C'est étrange, dès que je suis tombée enceinte, j'ai eu envie de vous le dire. Je ne sais pas pourquoi vous. En tant que gynécologue ayant la science des matrices. Ou bien en tant qu'amie – une amie dont je rêve. Dès que je m'en suis rendu compte, j'ai ressenti une solitude telle que je n'en avais jamais ressenti auparavant. Moi qui croyais la connaître mieux que personne… Je ne savais pas qu'on pouvait aller encore plus loin là-bas. Et se dire que le petit corps qu'on tiendra contre soi, ne vous réchauffera pas. Que vous-même, vous ne le réchaufferez pas. Comment me sont venues ces idées ? Je ne sais pas à qui parler. J'ai déjà avorté deux fois et là, je ne veux pas. Je crois que j'ai pensé à vous parce que vous avez bien connu celles qui disent "je n'en veux pas, je n'y arriverai pas". Et parce que j'aimais la façon dont vous leur parliez.

J'ai voulu de tout mon cœur et de tout mon corps être enceinte. Mais dès que c'est arrivé, j'ai ressenti un vertige. J'ai repensé à toutes les femmes que nous avions aidées à ne pas l'être. À celles qui élèvent des enfants malgré elles, parce qu'on les force. À tous les enfants dont les mères ne veulent pas. À tous ceux que j'ai connus au pays qui ne sont même pas allés jusqu'à leurs premiers pas, ceux qui sont morts là-bas à cause des maladies des pauvres, de crises de vers, de vermine, de fièvre.

Je ne sais pas ce qui me prend, de vouloir en rajouter un. J'aurais préféré ne pas en vouloir, ce qui serait vraiment bien il me semble c'est de ne pas en vouloir et d'essayer déjà d'être soi-même pour commencer quelque chose, quand on a cette chance. Je n'ai pas de famille ici, mon salaire est limité, j'ai des horaires contraignants, quel besoin, dites-moi, de me rajouter ces complications ? Il y a deux ans, j'ai passé la spécialisation pour être en chirurgie et je suis actuellement infirmière de bloc. C'est ce que je voulais depuis si longtemps… Je sais qu'au moins pour quelques années, pendant lesquelles personne ne va garder ma place, je vais devoir renoncer à ce poste. Alors pourquoi je fais ça ? Et vous, j'aimerais vous demander : êtes-vous heureuse sans enfant ? J'aimerais être capable d'imaginer cela pour moi, pourtant j'ai toujours voulu être mère. Je l'ai voulu au point de ne pas être très regardante sur le père mais au moins il a déjà disparu, bon débarras.

À l'hôpital, quand on accouchait une femme qui ne voulait pas de son enfant, j'avais le désir de l'emporter avec moi. Si je pouvais, depuis le temps, j'en élèverais déjà un certain nombre... J'ai toujours ressenti un élan indescriptible pour les nouveau-nés. Chaque fois que j'ai vu arriver leur petite tête moite et soûle j'ai eu envie de me prosterner ou d'entonner des Gloria. Alors que vous savez ce que je pense de Dieu. Quand ils sortaient du corps de leur mère, vous voyez bien comment c'est, on voit leurs ventres tendus, énormes, quand les bébés sont enfin là, il y a toujours un moment où on se demande d'où ils arrivent. Mais pourquoi ai-je besoin de concevoir le mien, issu de mon propre corps ? Qu'est-ce que je vais pouvoir faire pour cette petite fille ? Pour qu'elle soit heureuse ?

Je sais bien, chère Simone, que vous n'avez pas les réponses à tout cela. Mais ça me fait plaisir de vous les poser comme à l'époque où j'étais une simple étudiante auprès de vous. Auprès de votre gentillesse et de votre courage même si je sais que vous détestez les compliments. Grâce à vous, depuis que j'ai commencé à écrire cette lettre, je me suis rappelé certaines naissances pendant lesquelles j'étais une apprentie infirmière. Je me suis rappelé les visages des bébés si neufs et si vieux, de leur fragilité et de leurs cris, et grâce à eux je me sens moins vide et moins seule devant cette petite que j'attends. J'ai espoir que la vie, la Fée Rosse qui se penche, dans les histoires, voudra bien lui donner l'intelligence, la beauté, la sagesse. Ça me fait du bien en attendant de vous le demander à vous. Merci d'avoir pris le temps de me lire, peut-être de prendre un jour celui de me répondre.

Avec mon vif souvenir et toute mon affection,

Jeanne Soliman »

Quand Marguerite quitte Jérémy en début de soirée, sur le canal, elle a l'impression qu'ils ont disputé une belle partie tous les deux. Elle décide de rentrer chez elle à pied pour décanter leur conversation et continuer à ressentir son corps et son mouvement comme elle l'a toujours fait, avec gratitude, avec joie, les lumières de Noël qui approche ne clignent jamais tout à fait pour elle, c'est certain, mais drapée dans le manteau de laine trop grand trouvé dans une friperie, marchant d'un pas vif avec ce ventre qui la précède et la porte autant qu'elle le porte et muni de ses propres capteurs parfois taquins – il lui arrive de se faire surprendre par le bord d'un trottoir et de trébucher, de mal évaluer son poids sur ses jambes –, elle veut bien se sentir un peu Sainte Vierge pour l'occasion. Avec Jérémy, ils ont passé en revue tous les détails du colloque qui prend forme avec précision, rigueur, tout en convoquant l'expertise collective – la recherche de cette harmonie a toujours eu, pour elle, une valeur quasiment esthétique, exalté sa capacité d'imagination mieux que des battements de cœur incontrôlés, dont elle se méfie, devant une peinture, un film ou une photo, elle a toujours été plus à l'aise pour soupirer « c'est beau ! » devant le genre de réalisation que permet la science.

« Tu rentres ? » lui a dit Jérémy en la voyant s'envelopper dans le vaste manteau et son écharpe, il y avait une note déçue dans sa voix. Oui, elle a envie d'être chez elle et de se reposer, ce qu'elle donne comme raison officielle, en fait de flâner et d'être seule avec ses pensées… Non que les lèvres de Jérémy, déposant sur les siennes leur petite touche fraîche et un peu amère de son départ, ne lui déplaisent. Chaque fois qu'ils se sont retrouvés pendant ces échafaudages de science, ils ont fini nus chez elle ou chez lui. Sans que rien n'y prépare, Jérémy a traversé auprès du corps de Marguerite ces mois de grossissement en témoin ravi de son ventre, de ses seins, du tatouage brun de ses mamelons et de la ligne verticale sous son nombril, connaissant à présent jusqu'au coup de pied de la petite. Il n'a jamais tu la possibilité d'avoir causé ces changements quelque part en amont mais ils ont aussi bifurqué sans qu'il esquisse à aucun moment d'autre cours à sa vie. L'avenir s'est laissé entrevoir en figures et équations plus ou moins nettes mais toutes aussi absurdes les unes que les autres, s'installer ensemble, faire un test génétique, se déclarer parrain, se séparer dans deux ans, une série de formules qui ressemblaient à des gesticulations, des plaidoiries. Aucun des deux ne se voit vivre à deux, c'est le plus clair de l'affaire. Et Marguerite conjugalisée serait un peu trop différente de Marguerite alors qu'enceinte elle est tout à fait elle. Elle glisse son sac autour de sa taille et il la regarde s'éloigner. Ils sont heureux de leur œuvre quoi qu'il en soit.

De ce point de vue, on peut considérer que le programme qu'ils ont mis au point avec le conseil scientifique est un chef-d'œuvre. La capture de l'événement par la ministre des Droits des femmes n'a pu être évitée, elle fera le premier discours, c'est fatal, mais s'en ira briller ailleurs au bout d'une ou deux interventions et Marguerite espère encore que cette ouverture, liée à ce cadre académique, restera modérée. Enfin, elle et Jérémy ont réussi à endiguer les desiderata d'Ariane en composant avec une telle variété de points de vue, représentés par des chercheurs si incontestables… Celle-ci n'a pu qu'applaudir au résultat qu'elle a hâte à présent de revendiquer. Ils feront le travail éditorial sur les actes et elle mettra son nom sur la couverture, Amen. Ils ont déjà trouvé un éditeur pour l'ouvrage anniversaire et des financements suffisants pour qu'il soit illustré, ce qui permettra de donner un meilleur aperçu des films qui seront diffusés au colloque, et il offrira un design graphique à la hauteur de la folie affichiste, de l'ardeur tracteuse des années 1970 tout en sculptant un ensemble solennel, une dignité parlementaire, presque un nouvel Hémicycle pour la mémoire de Simone Veil qui apparaîtra en couverture les mains posées sur le pupitre, tenant le cap parmi la tempête de papiers d'archives.

Ses yeux mettent quelques secondes à s'adapter à l'obscurité. Au fond de cette pièce au dernier étage de l'hôpital, la nuit se froisse et une voix lui parvient, « C'est toi Jill ? Allume… », demande Louise d'un ton résigné, et le lit apparaît dans sa structure en métal ainsi que l'étagère où traînent les mugs et la bouilloire, le lavabo, et le cadre de la fenêtre derrière lequel l'obscurité vient d'être repoussée, et semble attendre plus profonde encore. Jill se tait en observant cet espace qu'elle ne doit plus revoir avant longtemps. La chambre où vont sommeiller les sages-femmes de garde en fin de nuit, quand toutes leurs patientes ont accouché, est aussi celle où elles se changent avant de commencer leur service ou de repartir dans leurs vies civiles.

Depuis le noir qui les entoure, Jill a l'impression que sa mère la voit. Qu'elle la voit elle, et sa compagne de garde qui soulève la couverture et s'étire au bord du lit. Comme elle voit les catalpas qui veillent sous la fenêtre et les geais qui y nichent. Comme elle voit les visages des enfants pressés dans le ventre de leur mère, leur tête cherchant le passage. Elle voit tout cela, sa mère, parce que ce sont les mères qui tombent en amour d'un être invisible tendant leur ventre et bosselant sa paroi de leurs membres désordonnés, et qu'elles attendent à tâtons durant des semaines. Et qui dès lors et pour toujours, dans le noir voient. Comme dans l'histoire d'Éros que Jeanne, un jour, lui avait racontée – car elle n'aimait pas seulement lui raconter des histoires de la Bible mais aussi celles de la mythologie grecque, et toutes sortes de contes – sur la femme qui aime son amant qui la visite uniquement la nuit car elle n'a pas le droit de le regarder, qui l'aime les yeux écarquillés sur la nuit noire. Ainsi, avec tendresse et envoûtement, inquiétude et rage d'ignorance, avec doute, avec stupeur, les femmes aiment-elles l'enfant invisible dans leur ventre.

Jill laisse sa collègue reprendre ses esprits tandis qu'elle extrait de son film plastique la tenue rose qu'elle enfile, blouse et pantalon large. Elle jette un œil dans le miroir et attache ses cheveux. « Ça va comment ? » demande Louise qui sait, tout le monde sait ici à propos de Jeanne mais Jill reste sans réponse à part « On descend aux transmissions ? » et « J'ai pris des croissants ».

En descendant vers la salle de naissance, elle écoute Louise lui raconter où elle s'est arrêtée dans sa garde, les accouchements qui continuent et ceux qu'elle a menés jusqu'au bout, « j'ai eu des jumelles », elle poursuit : « Je devais faire une césarienne dans quinze jours mais j'avais des contractions trop importantes donc on a fait une surveillance et pendant huit heures je n'avais aucune dilatation, rien, et le monitoring ne me plaisait plus du tout alors que le bloc était plein. Et le col : toujours long et tendu. Eh bien à quatre heures du matin j'ai crevé la poche et là, chance, enfin catastrophe, à quatre heures douze la première était sortie, j'ai à peine eu le temps d'appeler Georgia pour qu'elle m'aide, je ne voulais pas que la deuxième reste coincée là-haut avec les contractions qui continuaient et le placenta numéro deux qui n'allait pas tenir, on a eu vraiment chaud mais à quatre heures vingt on les avait toutes les deux. Oh fais-moi plaisir, va les voir quand elles seront à la nursery… Un instant on a cru qu'on les perdait et l'instant d'après tu as l'impression qu'elles sont peintes pour la chapelle Sixtine. Et sinon j'ai eu une troisième part, RAS, j'étais complètement à terme, un gros petit gars qui est descendu en une heure… On aurait dit qu'il avait déjà fait ça dix fois. » Jill sourit. Louise a donc eu trois enfants cette nuit. D'autres gardes c'est deux, ou quatre. Idéalement pas plus mais chaque fois ce sont de nouveaux enfants qui leur naissent à elles, elles disent « je contracte pas assez », « mon bébé est en siège », « mon col est à six » et « je pousse ». Il lui est arrivé d'essayer de compter tous les bébés qu'elle avait eus en son nom depuis qu'elle exerce ce métier et elle en est venue à une estimation d'environ cinq cents, une échelle très en dessous d'une reine abeille certes, mais pas loin d'une poule merveilleuse.

Elles arrivent au rez-de-chaussée où convergent jour et nuit toute leur équipe et les mères en travail, et Jill se dit que Jeanne la regarde toujours là, dans ce lieu à l'écart, de même qu'elle voit son cœur qui bat et tous ses organes, ceux qu'on sent mais qu'on ne voit pas, elle peut voir ses poumons, son estomac et sa vessie, et ceux dont on ne sent même pas le silencieux travail, son foie et ses reins, et elle voit les organes et tissus intérieurs et parfois éphémères des femmes qui sont derrière les portes des chambres, l'utérus, le placenta, la poche des eaux, qui ont poussé à l'intérieur de leurs corps le temps de fabriquer de nouveaux cœurs et de nouveaux poumons, de nouveaux yeux. Jeanne voit tout désormais au travers des murs et à l'envers des peaux et elle doit voir les larmes de Jill qui ne coulent pas mais tombent goutte à goutte au fond de sa poitrine, et ne s'arrêteront pas tant que dure cette journée.

Autour des ordinateurs, le thermos de café circule. Elle observe autour d'elle ses collègues dans leur rose du matin, parfois étoffé de gilets en polaire et les visages tendus, initiés, de celles qui ont fini la garde et émergent avec leurs bras chargés de naissances, et les autres de celles qui arrivent, portant le frais de la rue. Elles sont toutes des femmes ici occupées à la tâche de faire-naître. Un homme de temps en temps se mêle dans une fonction ou une autre, mais il ne modifie en rien l'ordre de cette salle où ceux qui veulent rester ont l'instinct d'une parole discrète. Jill remarque ce qui dépasse des blouses, les boucles d'oreilles, les bracelets, les rouges à lèvres qui luttent contre l'uniforme hospitalier, rose des sages-femmes, bleu des infirmières, vert des puéricultrices, blanc des gynécologues et anesthésistes qui se laissent fissurer par toutes ces petites pousses de beauté. Elles savent que les patientes, tout autant qu'elles, aiment voir quelque chose briller qui rompt les couleurs de la salle d'accouchement, des équipements de soin, du masque qui se penche sur elles. « On tire au sort ? » Elle est de garde avec Adèle et leurs deux noms sont écrits à côté de ceux des patientes sur le tableau blanc en milieu de salle, avec ce feutre dont l'odeur de solvant et de poudre rappelle l'école, dans les six cases des six chambres dont quatre sont déjà pleines, et en priant sans illusion pour que le service ne déborde pas dans les heures à venir. Jill lit les dossiers des deux dames qui l'attendent comme si les visages derrière ces noms, ces corps plus ou moins robustes, il est trop tôt pour le savoir, allaient aussi la veiller elle dans des heures qui lui semblent inimaginables au moment où elle y aborde.

Les deux dames que le sort lui prodigue sont des patientes plutôt faciles de prime abord. Aucun premier bébé, et bon état général a priori, aucune pathologie qui n'affecte la grossesse. Dans l'état où elle est aujourd'hui c'est plutôt mieux, se dit-elle. Elle s'assoit en face de l'écran de contrôle où l'on peut suivre en permanence les courbes des six cœurs de bébés et des six utérus en travail, et consulte leurs dossiers avant d'aller les voir pour les installer. D'après ce qu'elle lit, elle a un peu de temps, elle en profite pour ouvrir le message de Karim qu'elle a reçu pendant la réunion. Les figures fraîches de Daniel et de César apparaissent sur l'écran, émergeant des bonnets et cache-cous de rigueur sous les mots de Karim qui lui indique que tout va bien, que chaque enfant est arrivé à destination heureux et le ventre plein. Quand est-ce que ça a commencé, Karim et les enfants ? Elle ne saurait déjà plus le dire. Un jour il leur lisait une histoire et elle se laissait attendrir en se moquant un peu de cette implication sans doute sans lendemain. Un autre il la laissait dormir après une garde, un samedi matin, en emmenant les petits au parc et les rassasiant de frites et de burgers avant de la retrouver. Puis il les a conduits certains matins, cherché les soirs, torchés, bordés, bercés, elle ne sait plus combien de fois, ni dans quel ordre. Il se soucie d'elle et d'eux tout le temps, et la laisse jouir de l'orgueil insolent de les avoir fabriqués, elle qui les a toujours vus comme des fruits du Hasard, étonnée qu'ils aient bien voulu pousser dans son ventre plutôt que dans celui d'une déesse ou au moins d'une nymphe, d'une super-héroïne comme il y en a dans leurs histoires. Et depuis trois semaines il a tout fait tenir en équilibre jusqu'à ce matin qu'elle se raconte comme le dernier, « il y en aura d'autres », lui ont dit ses collègues Vironnes, « par-ci par-là, dès que tu pourras », et « il y en aura de nouveau dans quelques années », « tu verras », « quand ils seront grands », c'est vrai mais ce sera différent et dans leurs regards, leur façon de lui parler ce matin au staff, elle l'a bien vu, que c'était le dernier matin, de sa dernière garde.

Jeanne voit les noms des patientes, leurs dossiers, ainsi que la réserve de larmes qui enfle dans la poitrine de Jill, comme une poche d'hydratation qui se remplit à l'envers, pourtant elle ne dit rien. Elle demeure là où Jill l'a laissée. Tout s'est emballé au mois de décembre avec une arythmie persistante malgré les médicaments, Jeanne est retournée faire une scintigraphie et le canal était de nouveau bouché malgré les stents qui ont été enlevés et remplacés par des nouveaux. Pourtant les symptômes ont persisté, les anticoagulants ne faisaient plus aucun effet, on a envisagé une nouvelle opération mais avant même de pouvoir la programmer Jeanne était morte. « Ça arrive », a dit le cardiologue qui l'avait suivie avec un soin de tous les instants, il avait connu Jeanne dans son service quand il était encore jeune chef de clinique à l'hôpital Broussais et il l'adorait, il ne l'avait pas lâchée d'une semelle pendant ces longs mois, cela Jill l'a appris sur le tard, ce jour où elle a cru devoir le consoler encore plus qu'elle, « ça arrive », a-t-il murmuré comme s'il avait besoin de s'en assurer pour ne pas céder aux larmes, « on fait tout, et rien ne va », avait-il conclu en se levant pour ranger le dossier avec le certificat de décès derrière son bureau, « on essaye et tout s'aggrave », avait-il dit en posant son bras sur celui de Jill, « qu'est-ce que vous lui ressemblez », « exactement le même sourire », comme si elle souriait à ce moment-là mais c'était possible, cette apparition du passé de sa mère lui était douce, sa voix tremblait, « j'ai tout fait pour votre maman si vous saviez, comme j'aurais voulu… », il l'avait raccompagnée jusqu'à la porte de son cabinet. Ils avaient tout fait, tout essayé, et Jeanne était quand même morte d'une embolie pulmonaire dans les premiers jours de janvier. Elle reposait seule au cimetière de Bagneux, loin de sa famille, et depuis lors, Jill s'occupait de vider son appartement, et finissait d'assurer son programme de gardes aux Vironnes, ce décompte de nuits et de jours qui se termine aujourd'hui.

En pensant à sa mère étendue là où elle est, désormais, elle ne peut s'empêcher de penser ces temps-ci à Gisèle Pelicot, la femme violée et reviolée pendant dix ans dans son sommeil par son mari et les complices qu'il recrutait, en filmant ses sévices. « L'homme aux soixante-dix pénis postiches », comme l'a surnommé Jeanne. Elle a tenu à suivre le procès qui s'est déroulé si longtemps à Avignon, avec une attention extraordinaire, ainsi à vivre en compagnie de cette autre femme, Gisèle, ces semaines dont elle ne savait pas qu'elles étaient ses dernières. « Elle a mon âge, tu vois ? J'ai l'impression de revoir la petite Marie-Claire, devant les caméras du procès de Bobigny, et ce serait elle encore et toujours mais cinquante ans plus tard, tu comprends ? Elle aussi avait été violée, je me souviens de son visage à la télévision, elle avait juste quatre ans de moins que moi… Elle s'était retrouvée enceinte en étant violée et c'était elle qui se retrouvait accusée… Gisèle aussi aurait pu avorter adolescente en 1970, comme Marie-Claire, et subir un procès. Puis avoir un mari monstrueux, l'un n'exclut pas l'autre… » Au fil du procès, c'est vrai, Jill aussi a souvent pensé à sa mère et éprouvé un certain soulagement de savoir que Jeanne avait échappé toute sa vie à la conjugalité. Même si elle perçoit aussi dans ce choix, dans cette liberté, des douleurs passées sous silence infligées par des hommes parmi lesquels il était possible de compter son propre père, elle en sait peu là-dessus, Jeanne était trop fière, et elle ne saura jamais. Jeanne et Gisèle sont nées presque la même année, en effet, Jeanne en 1951 et Gisèle en 1952 et elles ont quelque chose de commun dans la silhouette, grands-mères légères, vives et rapides en jean et en baskets. Tout au long du procès à Avignon, puis plus encore après qu'elle a été morte, étendue comme était Gisèle, Jill a eu l'impression de voir sa propre mère ouverte et filmée à tout bout de champ, ouverte et filmée jusqu'à en mourir. « S'il avait pu filmer l'intérieur de sa femme, il l'aurait fait », a aussi commenté Jeanne qui s'était mise à tout lire sur cette femme qu'elle avait prise en amitié. Une Marie-Claire de 1972 qui aurait ordonné le procès au lieu de le subir, et retrouvant le contact des caméras à la sortie des audiences avec ses rides et son fardeau de chagrin issu des profanations sans fin de mains, de sexes et de voix d'hommes, de coups et intimations à plaire et à se taire. Devant d'autres femmes allongées, anesthésiées, aux vulves dilatées, devant les mêmes poils, les mêmes lèvres, nymphes et muqueuses que celles de sa mère ou celles de Gisèle, de la mère de sa mère ou de la mère de Gisèle avant elles, Jill se demande ce qui peut conduire un homme à de tels gestes de dénudement d'une femme jusqu'à l'os. À forcer sa résistance et sa volonté jusqu'à sa disparition complète. Une vulve vide, entourée de vide. Devant le froissé rouge des sexes elle repense aux dames-coquelicots que lui fabriquait Jeanne dans son enfance pendant les promenades d'été, en tournant vers le bas les pétales des fleurs pour faire émerger les têtes des pistils aux coiffes tressées court et leurs bustes fragiles ceints de jupes rouges, esquisse de femmes retournées qui lui apparaissent aussi tel un avertissement subreptice.

« Je peux vous examiner ? » Sa main atteint vite le col et à peine a-t-elle compté deux centimètres d'ouverture que son gant claque et disparaît dans le sac de déchets médicaux près du lit, assurant que le geste est terminé. Tout va bien pour la patiente de la chambre 3, bien que la dilatation tarde un peu compte tenu de la force et de la fréquence des contractions. Elle est toujours rassurée de voir qu'il n'y a pas de lésions sur les bords de peau qui ouvrent un vagin qu'elle examine, ni autre chose qui hanterait sans en savoir le nom. Que ce soit en consultation ou ici en salle, il lui est arrivé de voir des vulves où paraissaient des ecchymoses, des muqueuses scratchées par le passage d'un corps intrus. Mais plus souvent encore, d'entendre des silences qui au contraire ressemblent au glacis d'une cicatrice, sans la moindre rayure. Qu'est-ce qui conduit des hommes à violer, à croire à une conquête alors qu'à tout moment, de ces parois qu'ils touchent, toute sensation se retire ? Ou qu'au contraire, toutes les sensations affluent sous leur main, laissant inerte le reste de la personne ? Quelle joie ont-ils de fabriquer du vide à l'endroit où il y a de la chair, des poils, du sang, parfois du liquide amniotique et des calottes de petits crânes chevelus qui paraissent ? De rendre désert le propre lieu de leur apparition ? « Elle est encore bien haute votre petite. Si je déclenche maintenant, elle risque de coincer le cordon en descendant, on va attendre un peu… »

Au moins Jeanne ne s'est-elle jamais allongée sous un homme qui l'humiliait à tout bout de champ. Il y en avait parfois un qui apparaissait dans sa vie et d'ailleurs elle ne s'en cachait pas, même auprès de sa fille enfant et adolescente. Mais Jill n'avait jamais vu un homme pliant sa volonté de quelque façon. Sa mère ne l'avait jamais rendue témoin d'un effort de séduction commandé, ou de la peur dans ses yeux. Elle ne s'était jamais fait cogner par un être qu'elle servait et nourrissait. Jill peut être sûre que sa mère n'aura jamais laissé un homme l'empêcher de sortir. Lui ordonner de changer de robe ni même lui suggérer que tel ou tel vêtement n'était pas à son goût ou pas adéquat. N'aura jamais dit, assis en bout de table sans esquisser le moindre mouvement, « ça manque un peu de sel », et suscité de Jeanne qu'elle se lève illico et apporte le sel. Ne se sera jamais moqué de sa voix, d'une longueur de jupe, d'un choix de maquillage, n'aura jamais frappé son poing contre le mur près de sa tête, « pas de mal », et la fois suivante en ne faisant plus semblant de la louper, « pardon », « ce n'est pas moi, ça », « tu m'as poussé à bout ». Aucun homme ne l'avait trompée en semaine tout en l'obligeant à déjeuner chez sa mère le dimanche. Aucun n'avait tenu le chrono sur son âge, elle n'avait donné l'occasion à personne de gâter son allure, de gâcher le sentiment de gratitude qu'elle avait pour son corps et que n'importe qui pouvait lire dans ses gestes et ses vêtements, le dessin de plus en plus sûr qu'étaient son visage et sa façon de marcher, de se tenir, effets d'un art approfondi d'elle-même, d'un plaisir contagieux. Ses horizons n'appartenaient qu'à elle, elle n'avait pas besoin de compagnie, ne prenait d'ordre de personne pour voyager quelque part, ne comptant que sur son propre argent dont elle connaissait les limites mais elle avait ses multiples havres, ses amitiés sur une carte que Jill découvrait toujours plus vaste qu'elle ne croyait, et qu'elle avait tracée seule au fil d'innombrables balades. Pour Jill, tout cela représentait un héritage de légèreté, un legs à l'envers, de sauvetage, qui au lieu de donner des biens à sa fille l'ôtait, elle, à tous les poisseux magots auxquels elle aurait pu appartenir, la faisait échapper à un de ces trésors ou inventaires auxquels une femme peut être vouée ou cédée sans même le savoir, ceux des hommes, des familles, de toutes sortes de connivences d'intérêts qui sont tout sauf les leurs, leur mise en lot pour nourrir et servir des enfants, des vieillards, des époux dont la misère donne licence d'humilier, ou des standings des fils de famille. C'est un legs d'envol, un enlèvement définitif à tous les enfers pour que sa fille unique et chérie ait le droit de fleurir toute l'année si cela lui chante, de prendre tous les chemins.

« Elles sont belles, vos boucles d'oreilles… » Jill effleure la branche aux cristaux bleus qu'elle a glissée ce matin près de son visage, en pensant aux patientes qu'elle rencontrera et à la lumière qu'elles apportent, elle a hésité une seconde en se disant que c'est un peu trop long, pas très stérile, mais la force minuscule et vive de l'or frais et des pierres lisses l'a emporté. A surmonté le chagrin aussi, et peut-être l'interdit. Elle les a mises en ayant tout cela en tête et presque sans les voir dans l'obscurité de la chambre, elle ne voulait pas réveiller Karim aussi tôt et, alors qu'elle était déjà tout habillée, prête à partir, elle est retournée les trouver à tâtons sur la commode. Elle les a soulevées doucement, a tendu le lobe de son oreille et fait glisser la pointe de leur tige sans la moindre défaillance, d'un geste qu'elle pourrait faire au fond d'un puits, dans la plus noire des nuits sans lune depuis qu'elle a douze ans. Les six quartz bleus avaient toujours signifié pour elle le passé de Jeanne, et un cadeau dont elle n'avait pas réussi à savoir l'origine. Sa mère entretenait le flou, ce qui l'autorisait à penser que c'était peut-être son père plutôt qu'un autre homme qui les lui avait offertes, à moins qu'elles ne proviennent de sa grand-mère, une fille de « coolies », ces Indiens importés de force pour succéder aux esclaves, et dont la pauvreté était complète, pourtant cette version était parfois suggérée par Jeanne, ce qui faisait encore plus de ce bijou un mystère. Ces pierres en tout cas venaient de plus loin encore que l'enfance. Peut-être la naissance. Quelque chose qu'elle aurait vu frissonner près du visage maternel à un âge dont elle a perdu le souvenir. Quand elle les a récupérées, dans le tiroir où Jeanne mettait son linge de corps et ses bijoux, elle les a d'abord sorties pour faire jouer les rayons bleus en les tenant devant elle et remises dans leur écrin en velours, replacées dans le tiroir. Puis elle les a essayées un jour qu'elle avait rendez-vous avec Karim qui les a aimées, touchées. « On dirait des algues bleues », ont dit ses lèvres avant de se poser sous son oreille. Elle n'a pas beaucoup hésité en les enfilant ce matin. Aujourd'hui, elle en a sans doute besoin. Jill porte la main une fois de plus à une des deux brindilles : « Merci », répond-elle à la patiente dans un sourire, « elles étaient à ma mère. » Il lui semble que c'est la première fois qu'elle arrive à situer Jeanne dans le passé. « Niveau douleur, comment vous vous sentez ? Est-ce que la péridurale commence à agir ? » La femme fait oui, elle semble mieux que tout à l'heure en effet, plus détendue. Elle tremblait tellement quand l'anesthésiste est venue piquer, Jill lui a tenu les mains en espérant que l'aiguille ne ripe pas mais elle a confiance en Claire qu'elle surnomme la couleuvre tant elle connaît bien les passages entre les vertèbres. La femme est seule parce que son mari est parti chercher des vêtements pour elle et le bébé. Ils sont arrivés en début de matinée pour un simple examen d'échographie du troisième trimestre, ils avaient pris le rendez-vous de la première heure avant que lui ne doive partir travailler et elle n'est pas du tout à terme, un gros mois d'avance, mais à peine sortis de la maternité elle ne pouvait plus mettre un pied devant l'autre, les contractions étaient trop fortes, l'accouchement commençait. Il va falloir accueillir ce petit tombé trop tôt et Jill a déjà prévenu la pédiatre pour qu'elle vienne en renfort rapidement s'il devait partir en salle de réanimation néonatale et être mis sous assistance respiratoire et en couveuse. Mais la mère a confiance dans son bébé, c'est palpable aussi, elle est si calme depuis que la douleur s'est atténuée... Cette femme n'attend pas un prématuré aux cris nus mais un petit dieu-soleil, d'après son attente éblouie elle ne serait pas surprise de le voir paraître en habit de soie et jabot de dentelle, capable de marcher et discourir. « Reposez-vous, votre mari ne va pas tarder, il faut que votre col mature, moi je reviens bientôt avec la poche d'ocytocine pour essayer un peu d'accélérer. »

Elle enchaîne vite avec la patiente de la 5, il ne faut pas qu'elle reste trop sans attendre, elle sent que chaque fois qu'elle passe un de ces seuils elle retombe dans l'absence vertigineuse de Jeanne d'où elle pourrait ne plus sortir. « C'est Jill, je reviens vous voir... » Elle redit son nom chaque fois qu'elle entre dans la 5 car la patiente est aveugle et elle aime retourner la voir, elle y gagne toujours quelque chose de frais et de rieur. « C'est mon deuxième enfant et je sais où est ma chatte, ne vous inquiétez pas », a-t-elle indiqué en préambule pour la mettre à l'aise, comme si c'était Jill qu'il fallait aider. La femme touche son bras quand elle s'approche de son lit, juste une main légère qui se pose sur sa blouse quand elle vient vérifier le niveau de la péridurale. Il y a autre chose qui lui convient, dans cette chambre. Jill se sent bien de ne pas être vue. C'est la chambre où elle n'a pas de visage, pas de blouse ni de baskets, où elle n'est qu'une voix, un toucher. Elle en éprouve de la reconnaissance. Le soulagement de ne pas sourire… Même si elle ne s'est jamais forcée, cela lui vient tout seul, mais aujourd'hui les larmes pourraient être plus fortes et c'est un repos de savoir qu'elles ne se verraient pas ici. Jill aperçoit sur l'écran une contraction-tsunami qui arrive, une vague qui risque de dépasser toutes les digues de la chimie en place… « Respirez à fond. Est-ce que vous êtes bien installée, là ? Je vous redresse un peu ? » La femme fait oui. Et pendant une seconde Jill profite de ces yeux aveugles pour regarder son ventre, l'excès phénoménal qui gonfle la blouse bleue et auquel elle ne s'est jamais habituée, elle s'en rend compte à présent, une forme du corps qui ne s'atteint presque jamais ou seulement pour un petit nombre de jours, prête à vaciller et disparaître dès qu'elle est là et qui n'est pas celle qu'on voit dans les tableaux ou les photographies, un tendu qui devient presque un autre de la silhouette, un ventre qui ne se fond plus du tout mais qui jaillit. Une forme dont on espère tirer la mention « né vivant » pour le grand livre en tissé bleu qui attend dans le bureau commun et où sont recensées une à une les naissances. « Est-ce que quelqu'un vous rejoint ? – Oui, ma mère est en route », répond la femme et Jill frissonne, « elle dépose la grande à la crèche et sera là dans l'heure je pense… » Jill regarde l'écran à nouveau et la courbe de la haute contraction qui s'éloigne tandis qu'une autre se rapproche et grandit : « Dites à votre mère qu'elle se dépêche parce qu'en ce qui concerne votre petite, on dirait qu'elle n'a pas envie de traîner… »

Chaque fois qu'elle quitte une chambre, elle retombe dans le vide. Le sol se dérobe, une mer de larmes l'accueille ainsi qu'une part de honte – celle de quitter les autres quand elles ont besoin d'elle mais aussi l'inverse, elle a l'impression que sa détresse se voit, et que cette dernière garde n'est même pas voulue par elle, qu'elle est souhaitée par le service tout entier, c'est vrai, comment se rendre utile dans un état pareil, il faut qu'elle s'arrête et vite, avant qu'on démasque son épuisement et sa difficulté à enchaîner les gestes, à raisonner. Elle observe les courbes de ses patientes depuis la salle des ordinateurs. Remplit les dossiers de ses deux patientes en travail. Pose un scope à la patiente aveugle pour suivre son cœur qui court un peu trop vite à son goût. Répond à un SMS de Karim qui lui demande si « tout va bien, au pays du premier jour ? » et elle assemble un « oui » incertain assorti d'un sourire et d'un baiser de petit rond jaune, elle n'est pas sûre d'être bien à cet endroit dont il parle ou dans des limbes où rien ne commence, et elle s'en veut immédiatement de son laconisme, dans des moments comme ça elle aimerait lui dire beaucoup plus. Ce passage sur son téléphone la conduit à consulter cinq minutes les infos sur les réseaux sociaux, une pratique qui ressemble de plus en plus à voler au-dessus de la Terre depuis une navette de cauchemar, une plateforme métallique sans oxygène où l'on survit avec des masques et des oreillettes en regardant d'autres humains vivre et mourir à des milliers de kilomètres de soi. Jamais elle n'aura eu conscience d'autant d'êtres humains naissant dans d'autres coins du monde ; subsistant dans des conditions plus ou moins atroces et mourant d'abandon et de mort plus ou moins violente. Des informations-images, dont elle n'identifie pas bien la voix qui les porte, et qui lui donnent l'impression de ricaner de son travail. Jill se dépêche d'éteindre son appareil. « Allô, la salle… » Le téléphone commun vient de sonner, toutes les autres sont occupées à des tâches qui lui semblent soudain opaques et c'est elle qui décroche l'appel venant de l'hôpital Tenon. « On est pleins », dit la collègue au téléphone. Plus un lit de libre et une femme vient d'arriver qui tient à peine debout, « une première part, elle est à terme plus plus et on dirait qu'elle n'a jamais mis les pieds à la maternité, elle n'est pas inscrite chez nous », lui dit sa collègue à l'autre bout du fil, « ni ailleurs… Elle est déjà assez algique, on vient de l'installer en prétravail mais il faut qu'on récupère la salle et de toute façon, elle a besoin d'entrer en salle de naissance. Est-ce que vous,

vous pouvez la prendre ? » Jill regarde autour d'elle. Normalement c'est à la cheffe de service qu'appartient ce genre de décisions et normalement elle dit non car les lits sont bien trop saturés, le déficit de l'hôpital public et la noria des naissances ne permettent ces échanges que très rarement mais dans l'instant elle voit aussi qu'Adèle se précipite pour l'expulsion en 2, elle sait que dans quelques minutes celle-ci sera libre pour une autre patiente déjà dans le service ce qui soulagera un peu le tableau des entrées, et elle est saisie du désir de connaître cette patiente, de voir son visage, qu'est-ce que c'est que cette improvisation, la curiosité la gagne et une sollicitude impérieuse : « Pas de problème on vous la prend, vous avez l'ambulance ? » Un soupir lui répond à l'autre bout du fil et des promesses de réciprocités futures, un oui aussi rapide ça n'arrive jamais et sa collègue ne cherche pas à en creuser les raisons. Quand Jill raccroche la patiente est déjà en route.

Il y a les ventres-planètes qui n'existent que depuis quelques semaines et encore seulement pour quelques heures. Il y a les courbes mère-enfant qui sans cesse se poursuivent et se rattrapent sur les écrans, à la poursuite d'un point qui demeure toujours derrière l'horizon, et qui est soudain plus près des yeux que son propre bout du nez. Il y a les poches transparentes des antalgiques, des anesthésiques, des antibiotiques, qui s'écoulent dans des cathéters scotchés, des veines qu'on cherche dans les poignets avant que les mains ne se reposent sur le drap ou ne cherchent à nouveau à couvrir l'arrondi du ventre. Plus tard, il y a le placenta rouge-noir à observer avec une pince sur un plateau en plastique bleu de pythie, pour y lire s'il ne manque aucun morceau qui risquerait d'infecter l'utérus. Le cordon qu'on coupe.

Et il y a les naissances. Dont la durée est peut-être toute cette trame et toute cette attente, les neuf mois de la grossesse, ou les quelques heures de l'accouchement à moins qu'elles ne se préparent, ne remontent à plus loin, mais qui sont peut-être aussi concentrées en deux seuls gestes : celui de la main qui retient la tête passant le col avec une force inouïe, qu'il faut contenir, une tête qu'on découvre moite et penchée sans mouvement vers le sol, puis – sans une seconde à perdre. Dans un temps si proche, en fait, qu'il n'existe pas – le geste de tourner les épaules inertes du bébé pour qu'elles ne tendent pas davantage les tissus mais qu'elles s'alignent, à la verticale, au plus large de l'entrebâillement et trouvent la place de passer au moment où pour la première fois elles ressentent l'air et ont froid. Une tête, des épaules qui semblent si petites, mais qui presque à tous les coups éraillent et une fois sur deux déchirent la chair nue. Et dans l'instant arrondir ses mains sous leurs bras pour sortir le corps suintant et mou, au visage fermé, les yeux-fentes fermés et la bouche idem, qu'on enveloppe le tout dans un carré d'alèse en attendant de trouver plus chaud, qu'on leur passe un bonnet en coton tire-bouchonné et que le décompte commence des secondes-siècles où l'on attend le cri. Parfois la descente se complique et il faudra une césarienne, des instruments et d'autres gestes pour sortir l'enfant mais aujourd'hui, dans cette journée qui est pourtant d'abîme, le travail et l'expulsion se passent bien pour les patientes de Jill et à accueillir ces nouveaux êtres elle procède seule. Ils ont des visages de statue, couleur calcaire, et figent tout autour d'eux jusqu'au moment où leur voix sonne et réchauffe le temps, qui reprend son cours. Dans ces instants où ils adviennent, mouvement, couleur et voix, Jill se demande à chaque fois d'où ils viennent. Les ventres-planètes étaient bien dans la pièce l'instant d'avant mais ça ne change rien à sa stupeur. D'où viennent-ils ? Pour atterrir dans les bras de parents tout aussi perdus qu'eux, même si ce trajet vers leurs bras vient de les rendre intercesseurs de cette question auprès de ce bébé précis, artisans d'une réponse qu'ils improviseront plus ou moins, avec ses variations, ses doutes, tout le temps que durera cette enfance-là.

Par deux fois ce matin elle retient les têtes, tourne les bustes et arrondit ses mains sous leurs bras pour les soulever et les réchauffer. Ça va vite pour cette garde, alors. Beaucoup plus vite qu'elle ne s'y attendait. Alors les chambres se libèrent. Alors elle fera l'admission de la femme qui arrive de Tenon, pourquoi pas, qu'est-ce qu'elle risque à prendre cette initiative un jour comme aujourd'hui ? « Ta patiente est là, souffle Adèle. L'ambulance est arrivée de Tenon. On la met dans la 2 ? » Cela fait un quart d'heure que le petit prématuré et sa mère sont en chambre, là-haut. « Eh oui, la salle est propre, c'est bon, elle peut être installée », répond Jill en vérifiant l'heure, treize heures, le ventre vide, tâtonnant pour vérifier qu'elle a bien pris dans sa poche une barre à grignoter. De toute façon a-t-elle jamais, de toute sa carrière, déjeuné à l'heure du déjeuner pendant une garde ? Certainement pas.

Avant d'aller la voir, Jill parcourt le dossier qui a été confié par sa collègue à l'ambulancier déjà reparti. Celles qui arrivent comme ça par hasard sont plutôt des femmes envoyées par les services sociaux, voire des 115, qui sont à la rue. Il y en a eu une cette nuit, son bébé est né à cinq heures du matin et elle veut déjà repartir, mais on lui a promis une chambre simple et une douche pour elle seule pendant deux jours et réussi à la retenir, sinon ce n'est pas possible, trop de lieux l'ont accueillie pour la broyer avant cela. Mais là… Première part, quarante ans, domiciliée à Paris, universitaire… Jill regarde le compte rendu rempli par les admissions de Tenon et qui ne correspond pas vraiment à ce profil, au contraire. Il y a eu des échographies en ville aux deuxième et troisième trimestres ; un bilan sanguin en septembre, qui est agrafé avec les autres feuilles. Aucune chance qu'on ne lui ait pas demandé où elle accouchait mais elle ne s'en est pas occupée. Qu'est-ce que c'est que cette écervelée ou cette rebelle ou cette rêveuse ? Jill relit les chiffres du taux d'hémoglobine, un peu bas mais de toute façon il date, et d'autres données peu éloquentes, qui n'expliquent pas ce qu'elle fait là sans être inscrite.

Puis elle remonte les quelques mètres qui la séparent de la chambre 2. En chemin, elle a le temps de penser à Jeanne qui la voit là, aujourd'hui et sans elle. Elle a le temps de lui demander si elle se rend compte de ce qu'elle lui fait, elle le lui demande avec rage. Et dans le même instant effleure le bleu de ses boucles d'oreilles.

Elle est assise au bord du lit. De dos, quand Jill entre dans la chambre, une main tenant le matelas comme s'il allait verser et l'autre sur son ventre, les épaules courbées vers l'avant, une posture habituelle dans ces moments-là. Jill aperçoit sa nuque, elle apparaît sous des cheveux bouclés comme les siens, ni longs ni courts, une masse épaisse et indisciplinée qui contraste avec les petites épaules fines, un peu comme les siennes. Une seconde de plus sur le seuil, et Jill est traversée par cette impression de femme semblable, elle a le temps de le penser et de se le dire. En l'entendant entrer, celle-ci se lève malgré la douleur, se tourne et en fait, elles font la même taille. Elles ont la même stature. C'est curieux, comme impression. Jill a eu affaire à toutes sortes de patientes en dix ans, et en général elle est toujours bouleversée par la forme des corps, leur différence dans laquelle quelqu'un est en familiarité absolue et elle sait, sans le dire, que cet étonnement fait aussi partie du bonheur qu'elle éprouve dans ce métier. Mais là quelque chose se produit de différent dans leurs deux silhouettes qui se mirent. Devant cette femme qui a les mêmes épaules. Les mêmes cheveux. Elle ne s'est pas encore déshabillée mais en considérant le modelé de son pull, de son jean, Jill sait déjà qu'elle a des seins et des cuisses semblables aux siennes et des hanches, pareilles. La coïncidence se dissimule dans quelques variations bien sûr, la couleur de la peau, elle est plus pâle, elle n'a pas la bouche sombre ni les yeux noirs qu'elle a hérités de Jeanne, qui lui sont un trésor aujourd'hui plus rare que jamais. Depuis le bord du lit, elle la regarde avec des yeux aux couleurs mélangées, vert-brun, et un nez assez grand qui lui creuse les joues et fait à sa fatigue un visage d'oiseau, mais quand elle sourit, d'un instant à l'autre c'est aussi un visage plein et rond, un visage de lune tiède et adolescente. Des différences notables, se dit Jill devant ce sourire. Mais les cheveux. Mais toutes les proportions, la silhouette : elle n'a jamais accouché un corps qui ressemblait autant au sien. Dont elle croit pouvoir dire d'avance où se logera sa force et où sa douleur et ce, non par métier. Mais par le souvenir de ses propres accouchements qui soudain l'envahissent. Elle connaît parfaitement ce corps, et cette femme. Elle en éprouve quelques secondes de l'effroi. Puis la femme est traversée par une nouvelle contraction et Jill se ressaisit, frémit dans la sensation d'un partage des eaux et retrouve son propre mouvement, ses propres contours : « Je suis la sage-femme qui va s'occuper de votre accouchement. Comment vous vous sentez ? Asseyez-vous, je vais vous poser le monitoring. Est-ce que vous avez besoin d'aide pour vous déshabiller ? »

La femme fait non avec la tête et se rassoit en tremblant. Elle enlève ses habits par étapes, Jill connaît ce rythme suspendu, le pull et le tee-shirt par-dessus la tête puis une contraction arrive et on attend une première fois, puis le pantalon et on attend encore pour la culotte, le soutien-gorge mais là elles sont encore assez espacées et en deux temps la patiente est nue puis a revêtu la blouse en papier bleu, et attend. Une main sur le ventre et très calme. Jill fixe autour de sa taille les deux sondes plates permettant de suivre le cœur du bébé et l'évolution des contractions, sous des rubans élastiques bleu et rose. Elles regardent ensemble quelques instants l'écran où les deux courbes commencent leur dialogue, certes ultime, mais dont on ignore combien de temps il peut durer. « Est-ce que quelqu'un vous accompagne ? » demande Jill avec l'assurance que la porte va s'ouvrir d'un instant à l'autre sur le père du bébé, qui sera juste parti se ravitailler en sucre pour sa propre attente, ou sur une mère, une copine, une sœur mais la femme répond « non » – un non sans crainte ni douleur, et se remet à regarder l'écran : « Il bat bien, 140 c'est bien, non ? – C'est très bien, répond Jill. C'est parfait, exactement ce qu'on veut jusqu'au bout. Elle se débrouille très bien votre petite. Eh bien on sera toutes les deux alors… » Elle a eu besoin de le dire aussi pour elle-même et se trouve assez maladroite de le souligner mais la patiente n'a pas l'air de s'en émouvoir. Jill fait l'examen du col, « trois centimètres », annonce-t-elle, « ce n'est pas beaucoup pour l'instant mais les contractions sont déjà hautes, est-ce que vous voulez qu'on vous pose la péridurale ? », et la femme lui répond oui, avant de fixer à nouveau ses yeux sur les deux courbes. « Je vais appeler l'anesthésiste, je crois qu'il a à faire avec encore une patiente et après c'est vous. De mon côté, je reviens de toute façon dans une petite demi-heure pour relever les constantes et voir si le col mature, ça va aller ? » La femme sourit, un sourire brouillé de douleur mais sincère et aussitôt elle demande, montrant son sac : « Oui. Merci. Est-ce que vous pourriez juste attraper mon livre et me le donner ? » Jill ouvre le grand sac de voyage et aperçoit une couverture noire de livre de poche : sans doute un roman policier quelconque, parfait pour attendre pense-t-elle, quelle bonne idée, elle le lui tend. La patiente se renverse dans le lit. Ses yeux restent rivés sur les deux courbes, ses mains posées sur le livre, ont déjà l'air de lire. « À tout à l'heure », dit Jill en fermant la porte dans son rail coulissant, « ici vous avez le bouton pour m'appeler. Et de toute façon, je serai là bientôt. »

« Ça va être long », a-t-elle pensé assez vite devant ce corps gracile dans lequel chemine une première naissance, elle a vu le poids fœtal estimé sur la dernière échographie et ne s'y est pas trompée, la petite descend très lentement, un astre, une impératrice, une vraie tortue céleste. Jill vient souvent voir la mère et la trouve en général essayant de lire ou, quand la douleur devient accablante, debout en train d'aller et venir autour du lit, traînant le pied à perfusion tout en soulevant son bras scotché avec le cathéter d'hydratation, l'autre cathéter et sa sonde fixés dans le dos, rayons transparents dépassant de la blouse bleue et du fouillis de la silhouette aux entours mouvants, insaisissables, les cheveux en bataille, le teint pâle mais si dense, si ferme et lente en son centre.

Jill vient souvent, ce qu'elle fait en général et encore plus quand une femme est seule, mais là ce qu'elle vient trouver est autre, elle-même qui est seule et attend quelque chose de cette naissance. Ou bien, elle a conscience de la douleur qui est devant elle bien plus que d'habitude, elle a l'impression que cette femme tremble dans ses propres os, ou que des sensations s'épanchent partout en elle, qu'elle croyait pour toujours refermées. Vers le milieu de l'après-midi, elle va manger et quand elle revient le col est encore à cinq. Et à huit heures du soir, à l'heure où elle doit s'en aller, transmettre la patiente à une collègue, elle vient l'examiner une dernière fois et ses doigts ne rencontrent plus aucun resserrement. Mais l'enfant est encore assez haut et Jill décide de rester. Elle envoie un SMS à Karim pour lui dire de coucher les petits, qu'elle reviendra tard.

Un peu après minuit, la femme appelle, elle a plus mal que jamais, une douleur différente, dit-elle, et quand Jill vient toucher le col, au fond de la vulve ses doigts effleurent soudain une surface humide et striée, « elle est là », dit-elle à la femme allongée, « vous avez mal parce que c'est elle que vous sentez. » Ses mains recueillent dans les muscles la pression du nouveau corps qui arrive et qui dans cet instant n'est plus que déchirure pour celle qui le porte, une douleur qui engloutit tout, elle le sait c'est pourquoi elle répète : « Elle est là. Vous allez pousser sur la prochaine contraction, et peut-être une ou deux suivantes, et vous allez voir, elle sera tout à fait là. »

Combien de temps ça a duré ? Marguerite regarde le compte rendu d'accouchement qu'on lui a donné, admission treize heures cinq et naissance une heure et demie, ces douze heures sont attestées mais ça ne veut rien dire, si elle lisait « trois jours » ou « cinq minutes » elle le croirait tout aussi bien. Et pendant ces douze heures, la même sage-femme est venue la voir de bout en bout. À un moment, ce devait être en début de soirée, elle l'a informée qu'elle avait fini son service, qu'une collègue allait prendre son relais et Marguerite a été surprise de la voir revenir, sans plus de commentaires. Et elle a été plutôt rassurée de ne pas changer, dans cette pièce sans fenêtre, de retrouver jusqu'au bout son visage dont elle aimait la lumière. Depuis qu'elle est dans sa chambre avec le bébé, elle a demandé une ou deux fois si elle allait la revoir, si elle pouvait la remercier, mais ses collègues ont répondu qu'elle n'était pas de service, elles ont eu l'air un peu désolées, « ça lui aurait fait plaisir », « on lui dira », Marguerite n'a pas osé insister.

Elle ne sait plus si elle dort ou si elle veille. Elle s'est levée tout à l'heure pour se rincer à la Bétadine comme on le lui a prescrit, son entrejambe est teinté d'iode, mêlé de croûtes de sang et tandis que l'anesthésie s'efface, elle commence à sentir les deux points de suture et le tiraillement du sondage urinaire. Elle regarde autour d'elle. La chambre est silencieuse et si dépourvue de tout décor qu'elle semble flotter. Les choses qui l'entourent sont mobiles, le plateau sur son support roulant pour les repas, le lit réglable électrique, l'écran plat de télévision sur un bras articulé, un placard métallique en apesanteur sur le lino bleu et derrière une porte coulissante, la douche sans parois, juste un tuyau et un pommeau. Elle aime cette atmosphère de cabine de bateau dont le seul ornement a été, ce matin, un rayon diffracté pendant quelques secondes par le pichet à eau en plastique bleu, lors d'une rare apparition du soleil, une vibration qu'elle aurait aimé retenir. Enfin, le berceau. Lui aussi roulant, et transparent, elle l'a débloqué pour l'installer près de son lit et se pencher plus à son aise. Et elle se penche et regarde, sans arrêt, et elle voit. Elle ne porte plus aucune trace de son passage. Sa peau lisse et ses yeux, sa bouche, ses poings fermés la rendent fraîche et solide dans son sommeil comme un galet de rivière, inaltérable. Elle donne envie de la toucher, de passer le doigt sur chaque ligne d'elle, ses lèvres et ses doigts repliés, son nez, ses oreilles, et tout à la fois de ne rien toucher, de ne pas déranger un seul cheveu dans ce dessin parfait.

Le monde est d'autant plus silencieux autour d'elle que ce matin il a neigé. Une ou deux heures seulement, rien qu'une apparition de neige qui fait déjà partie du passé, du folklore parisien, un autre monde qui laisse sa trace sur les bords de fenêtres et les toits avec un humour de graffeur : je suis montée jusqu'ici dit la neige, tel toit, telle palissade, je signe là dans une cime d'arbre, je suis déjà repartie. Ne reste que le froid qu'elle devine et qui ne donne aucune envie de quitter la chambre. Marguerite ressent beaucoup de gratitude à être ici. La petite a attrapé une infection, étant née le lendemain du terme elle a traîné un peu trop longtemps dans un liquide un peu trop usé et même si elle va très bien en apparence, aucun symptôme, à peine un peu de fièvre, il faut qu'elle soit surveillée et reçoive des perfusions d'antibiotiques deux fois par jour, la pédiatre qui a vu la bactériologie n'en démord pas. De sorte que le séjour de Marguerite doit être prolongé de quarante-huit heures, ce qui l'arrange. Rester quatre jours ici au lieu de deux ne lui semble pas de trop, cela lui est même si nécessaire qu'elle pense que ça a pu être suggéré par quelqu'un, à son insu, ça lui est égal, peut-être un psy de service, lors d'un staff, qui aurait prononcé côte à côte les mots « femme » et « seule » ou « femme » et « pas accompagnée », elle se fiche des jugements si c'est pour avoir droit à cette paix, ou une des sages-femmes faisant les visites de post-partum et qui aurait pu proposer cela, deviner ses pensées, en tout cas elle ne pouvait trouver mieux que l'isolement et la tranquillité qui règnent ici.

Elle connaît une forme de folie. Des secondes entières – cela suffit – où elle oublie que la petite existe, elle l'efface, la laisse disparaître corps et âme de sa conscience. Tellement de choses affluent dans son esprit, pendant ces secondes-là elle vit dans un monde parallèle où tout est semblable mais différent puisque ce monde est celui auquel elle est habituée, où son bébé n'existe pas. Deux ou trois secondes pas plus mais où cette absence est si absolue qu'il pourrait très bien survenir d'autres distorsions, heureuses ou malheureuses, à toutes sortes d'échelles, c'est un monde faux où un meuble de son appartement quand elle le retrouvera pourrait avoir changé de couleur ou changé de place, où elle-même pourrait porter un autre nom ou vivre dans un pays en guerre, se faire jeter en prison, ou que ses parents soient en vie. Un oubli d'où pourraient jaillir des milliers de versions du monde. Et qui redevient incompréhensible dès que les gencives nues et les lèvres s'approchent, dès que la petite langue se remet à glisser au bout de son sein ou qu'elle regarde la frange de cils repliés sur cet œil de crocodile pouvant s'ouvrir à tout moment, ou sur les cuisses arrivées si maigres de son long voyage et les jambes un peu torses, le milieu de corps souillé et le bout de cordon rabougri dévoilés sous la couche. Et le taillis de gestes, brusques, sans appui, qui n'ont jamais vu ou imité d'autres gestes et cette voix dont elle ne sait pas où elle s'origine, si nette et sans trace de la forme des mots.

Dehors, le monde persiste avec une étonnante précision et elle s'y intéresse par moments avec une ferveur d'autant plus grande qu'elle peut le contempler à distance, elle lit les informations et l'actualité scientifique, répond à un ou deux mails de collègues comme si elle appréciait ces témoignages extérieurs de son existence. En lisant la presse sur son téléphone, elle ne sait pas ce qu'elle recherche dans ce monde qui ricane au travers d'une actualité de guerres et d'assassinats, mais il lui semble plus que jamais nécessaire de le tenir à l'œil au maximum. Depuis son refuge, elle se souvient, comme d'un brouillard plein de morsures, du colloque sur la loi Veil et des reproches qu'elle a dû désamorcer en série, dans son dernier mois de grossesse, après cette ouverture-saccage par la ministre et la conclusion par un directeur de services déroulant un programme de mesures propres à ne rien changer, tout ce parasitage du travail de collègues furieux. Quelques jours après cette catastrophe, juste avant les fêtes, elle a reçu un coup de fil de Sam et celui-ci a ri des frasques arrogantes de la politique française, « elle est vraiment invétérée, ta ministre ! », puis entendant le désarroi de Marguerite, sa colère, il s'est repris : « Tu ne peux pas tout contrôler, mon cher, tu sais bien. » Il a pris un ton vraiment soucieux et ajouté : « fais ton livre » « passe ton chemin », et elle s'est agacée qu'il puisse lui donner des conseils avec autant d'aplomb mais a senti aussi un certain calme qui pouvait être à sa portée grâce à ces mots. « T'as tout fait pour que ce soit bien et il reste pas mal de trucs bien… Tu es la meilleure placée pour savoir que l'avenir tu prévois, tu prépares, t'es sérieuse, mais t'attends aussi autre chose qui pourrait te surgir ! C'est comme pour le passé, tu vas chercher en croyant savoir mais tu veux qu'il te donne quelque chose plus intéressant, plus merveilleux… Attends, je cherche le phrase… – Quelle phrase ? – Tu sais ce qu'il a dit ? – Qui ça ? – Mais Baldwin ! James Baldwin, dans un roman. » Elle a attendu au bout du fil et senti le sourire chaud dans la voix de Sam. « Attends je te traduis de tête, il dit : "L'histoire, c'est peut-être le plus mystique de nos tentatives." » Elle aussi a souri et Sam, comme s'il voyait sa tête heureuse : « Voilà. » Elle aurait aimé qu'il soit là pour parler longtemps encore, ils ont un peu continué à cheminer dans cette conversation par-dessus l'océan, il a pris des nouvelles de sa santé, puis « je pense à toi » et il l'a laissée avec cette phrase de roman qui a continué à résonner pendant des semaines tandis qu'elle acceptait petit à petit, ronde comme elle était et fatiguée, distraite, essoufflée, de suspendre sa quête. Elle a laissé son livre en plan, dans l'état où il se trouvait, le capot ouvert et des fils dans tous les sens, et elle s'est dit qu'elle reprendrait plus tard. Dans la chambre aux meubles qui roulent, tout cela lui revient dans un flou assez irréel, des sujets professionnels la convoquent impérativement tout en lui devenant presque incompréhensibles même si les sages-femmes de son livre, avec leur rose en Tergal et en jersey, leurs pulls jacquard, leurs yeux fondus au khôl et leurs bébés inexorables, se mêlent parfois en pensée à celles des Vironnes qui entrent et sortent le matin de sa chambre pour vérifier ses deux points de suture, regarder s'il n'y a pas d'hémorragie ou prendre sa tension.

Elle se penche par-dessus bord. La petite commence à se réveiller dans son berceau. Elle aperçoit le froissement sur son visage, brise invisible qu'elle connaît par cœur déjà, qui fait bouger l'onde et précède le réveil. Elle attend qu'elle ouvre les yeux et s'agite pour la prendre dans ses bras et la nourrir, elle est si légère, le chiffre de son poids ne veut rien dire pour qui l'attrape et la soulève, pourtant chaque fois qu'elle le fait elle a entre les mains une sensation de chaleur et de densité inouïe, elle a l'habitude de corps qui ne s'attrapent que par fragments, qui débordent ses bras et jamais elle n'en a tenu un comme ça, si complet et entier tout en étant si délicat. Elle écoute sa voix qui ne parle ni ne chante, aussi heurtée et nette que sont ses gestes, une seule et même conversation sans fin qui s'interrompt d'un coup au contact du lait. Elle se renverse avec elle dans le lit et s'endort à moitié.

Au bout de quelques minutes, quelqu'un frappe à la porte ce qui l'étonne un peu, ce n'est plus l'heure très matinale du personnel médical ni celle des visites, « Entrez », dit-elle sans lâcher des yeux le petit visage ivre à son sein, elle a l'habitude que tout le monde entre et gagne son lit avec le chariot des repas, des instruments médicaux pour elle ou pour l'enfant, il lui faut quelques secondes avant de se rendre compte que la femme n'a pas quitté le seuil d'où elle l'observe. Et même dans ses vêtements civils, jean et baskets, un chignon hâtif et un pull, immédiatement elle la reconnaît. « Je ne travaille pas aujourd'hui mais j'avais des affaires à chercher… Je suis venue voir comment vous allez toutes les deux. » Elle s'excuse presque mais entre quand même. S'approche pour observer le visage absorbé par le sein, dit en riant : « Ça a été long, mais tout va vraiment très bien à présent, on dirait. » Marguerite croit qu'elle rêve mais quand elle dit « asseyez-vous » en montrant le côté du lit, la femme s'assoit sans hésiter et elle peut revoir de près les boucles d'oreilles bleues qu'elle a tant regardées pendant ces heures de déchirement et d'attente. Ses yeux ne quittent pas la petite à présent endormie et quand elle s'en rend compte Marguerite est un peu gênée, la femme aussi, elle se lève et trouve une chaise pour s'asseoir un peu plus loin, elle rit à nouveau : « Excusez-moi. Je fais ce métier depuis quinze ans… Mes fils me demandent tout le temps quand je ramènerai un bébé à la maison et je crois que cette petite-là… Est-ce que je peux la prendre dans mes bras une minute ? », et dès ces mots Marguerite tend ses bras vers elle, sans hésiter, c'est étonnant la passion qu'elle a sentie dans cette demande mais c'est une passion si joyeuse qui accueille sa fille, des bras si sûrs, quelque chose d'un désir de fée qu'il serait risqué de refuser ou même d'essayer de comprendre. La sage-femme prend l'enfant, la berce, la petite laisse affleurer un sourire à travers son sommeil et pendant ce temps, Jill se met à raconter à Marguerite son accouchement, replace dans la chronologie les heures et les gestes, la chimie et les muscles, elle nomme les os, un à un traversés par l'enfant, et Marguerite a l'impression de guérir peu à peu d'une éclipse d'elle-même. « On n'est que des metteuses au monde », dit-elle en devinant ce sentiment de réconfort. Elle se lève et, redonnant la petite aux bras de sa mère : « On ne fait qu'aider un peu ce qui existe déjà sans nous. Je vais dire à mes fils que c'est encore raté, pour leur ramener une petite sœur. »

Marguerite ne la revoit pas. Elle reste dans la chambre aux objets roulants, au temps pulvérisé, pas de jour pas de nuit, où le seul rythme semble être le visage de la petite aux yeux ouverts, petite aux yeux fermés. Un jour sans qu'elle sache quand, elles sortent, toutes les deux. Et celui d'après, Marguerite est dans un café à dix heures du matin, à commander un grand crème tout en réchauffant ses lèvres contre le duvet de sa tête, dans son parfum, son souffle. Elle lit, ses pensées s'accrochent au souvenir des derniers passages qu'elle a écrits pour son livre et, plus tard entre deux tétées, promenades et changes, elle note ce qu'elle peut là où elle peut, en marge des journaux, à la fin des livres et sur des Post-it qu'elle égare une fois sur deux. Elle sent qu'elle va devoir se mettre à respecter cette forme de travail en débris de naufrage, ce jeu de piste incessant à la poursuite d'elle-même. Jour après jour, elle sort avec la petite dans son porte-bébé et trempe ses lèvres dans le café qui la ramène sur la terre ferme de sa vie antérieure, la même mais autre, la même mais tellement autre et, sa bouche près de la petite tête de sa fille, elle murmure son prénom. Mille fois, elle le prononce.

Karim est revenu d'un samedi soir particulièrement chargé au restaurant, quand il est rentré et s'est glissé dans le lit la lumière commençait déjà à desserrer le drap noir autour d'eux, et Jill l'a regardé dormir. Un peu plus tard, elle décide de sortir avec les enfants pour qu'il puisse encore se reposer, et profiter avec eux de la douceur qui est là. Ce matin de la fin mars 2025 où elle prend le chemin du parc de Belleville, elle n'est ni fatiguée ni dans cet état d'apesanteur qui suit les gardes, elle apprécie ces derniers temps son nouveau rythme, le service de consultations et d'échographie qu'on lui a confié aux Vironnes lui donne l'occasion de parler davantage avec les patientes, ce qu'elle trouve agréable. Elle est en paix avec ce choix, cette fin qui n'en est pas une.

César et Daniel marchent devant elle. Leur conversation lui parvient, une affaire de « brigand qui ne sait plus son nom », c'est le titre que le grand a donné à son histoire qu'il interrompt parfois pour venir lui poser des questions dont elle ne connaît pas toujours la réponse et qui révèlent des allers-retours avec quantité d'autres sujets dont les relations lui échappent. La mort de Jeanne en fait partie, après l'avoir attendue pleins de larme, c'est une lisière à laquelle ils retournent souvent et dont l'ombre les attire et les inquiète, à laquelle ils voudraient arracher leur grand-mère et qui les rend curieux de savoir si elle pourrait les concerner un jour, et si l'atteindre ne serait pas aussi un des honneurs humains, ou seulement une menace.

Jill se pose sur un banc en les regardant filer vers les jeux. Elle a pris un livre mais elle n'a pas envie de le lire, elle ne sort même pas son téléphone pour parcourir quelques articles de presse, elle a besoin de vide.

Elle repense au dernier bébé de sa dernière garde, la petite fille qu'elle a soulevée et posée dans les bras de sa mère avant de couper le cordon. Tandis qu'elle examine le placenta, la petite se met tout de suite à téter et comme il n'y a personne d'autre dans la pièce, qu'elle doit l'emmener à la nursery et qu'il va bien falloir trouver quoi inscrire à présent sur tous les registres de son existence, elle demande : « Et comment s'appelle-t-elle alors, cette merveille ? » La femme caresse le visage du bébé, un doigt léger contre sa joue, elle la regarde comme si le nom était inscrit sur ses paupières fermées. Elle répond : « Jeanne. » Jill est devant le lit, en train de rassembler sur la table en métal les instruments qui ont fini de servir, les ciseaux, les clamps, les draps d'examen maculés, elle s'arrête.

Lève les yeux sur la petite qui tète avec entrain, une main posée sur ce sein comme si elle voulait s'assurer qu'il ne s'échappe pas et l'autre, poing fermé, contre son œil, on dirait qu'elle a fait ça toute sa vie, qu'elle connaît le parfum du lait de sa mère depuis toujours. Jill laisse passer quelques minutes en faisant elle ne sait plus du tout quoi, elle a l'impression de ne plus savoir son propre nom et elle attend, elle ne voudrait pas arracher cette petite à cette tétée si glorieuse mais elle se doute aussi que cela ne durera pas, son tout petit estomac ne pourra pas la prolonger infiniment, ça y est, les lèvres s'écartent du sein, s'ouvrent sur les gencives nues et inspirent.

« Je vous la ramène dans dix minutes », dit Jill, « il faut juste prendre quelques mesures pour vérifier que tout va bien, et je peux l'habiller aussi, vous avez des vêtements pour elle ? » La femme montre son sac où Jill trouve ce qu'il faut. « Reposez-vous pendant ce temps. » Elle emporte l'enfant enveloppée dans l'alèse et ses tout petits vêtements dans la grande poche de sa blouse. Sur la table à langer chauffante où elle la pose et où son corps hésite à s'allonger, ses membres cherchant dans l'air les appuis disparus, elle l'habille et la regarde se détendre au contact du coton, de la laine qui lui font une nouvelle enveloppe. Puis elle mesure son poids, sa taille, vérifie ses réflexes et trouve ces chiffres paisibles : 3,6 kg, 51 cm, Apgar 10/10/10. Et plus tard, elle les inscrit sur le grand registre en tissu bleu, sous le nom de la mère et le bilan de l'accouchement et sous la ligne « Naissance d'une enfant de sexe féminin, prénom : Jeanne », suivie de la mention : « Née vivante ».

Sur le banc des parents, Jill rêve. Elle regarde ses enfants. Elle les suit des yeux. Elle rêve. Elle les regarde encore, rêve encore et les perd de vue dans la trame du château et les rampes des toboggans où ils réapparaissent un nombre de fois que, du haut de son âge, elle sait borné par la durée de ce matin tranquille mais qu'elle se plaît à croire, comme eux, infini.

Elle ressort dans la rue avec eux le lendemain, dans un de ces matins de semaine où elle apprivoise son nouveau rythme. Après avoir jeté un œil par la fenêtre en prétendant vérifier la météo mais où par habitude elle guette encore Jeanne, elle les a bousculés un peu pour les conduire à l'école puis à la crèche.

Elle se retrouve bientôt seule sur le trottoir, elle devrait se hâter pour arriver à sa consultation aux Vironnes mais quelque chose la retient, cette solitude à laquelle elle pourrait presque parler tant elle est devenue vive, attachée à ses pas. Elle décide d'entrer dans un café pour laisser passer cette sensation, pousse la porte du premier qu'elle trouve en face du métro et s'assoit au fond de la salle, près de la vitre. Il lui semble qu'elle est au bon endroit soudain. Dans un bruit et un flux d'hommes et de femmes qu'elle ne connaît pas mais où la silhouette et le nom, l'odeur et la voix de sa mère lui semblent présents comme si elle avait pu s'assoir elle aussi à cette place exacte, d'où l'on observe si bien le carrefour. À moins que le miroir au-dessus de la banquette n'ait gardé l'empreinte de son visage, mais quand Jill se lève c'est elle-même qu'elle peut voir rajustant le col de sa veste puis enlevant la pince dans ses cheveux et les froissant. En descendant l'escalier du métro, elle glisse l'objet dans sa poche où ses doigts rencontrent un caillou et la douceur fanée d'un bouquet d'herbes et de feuilles, indice de mains cueilleuses qu'elle tiendra à nouveau dans les siennes d'ici quelques heures et à nouveau demain, et le lendemain encore.

Remerciements

Je remercie toutes les sages-femmes que j'ai rencontrées pour écrire ce livre, souvent pour des entretiens au long cours, qui m'ont fait connaître chacune une facette différente de leur métier et des voix, des regards qui étaient inimaginables sans elles sur l'accompagnement des femmes. À la maternité de la Pitié Salpêtrière, merci à Mathilde Gillet, à Flora Huss et à Laetitia Kerveillant ainsi qu'à Sylvie Robert, infirmière en salle de naissance, et merci à Delphine Giraud de la Maison des femmes. Merci également à Maëlle Hauchard et à Anna Bezold et, grâce aux rendez-vous de la vie, à Léna Alembik et Agnès Margalef.

Merci enfin au Dr. Francine Morat-Vuong qui me berce de ses récits depuis de longues années et a témoigné du tournant vertigineux des années 1970.

Cet ouvrage a été mis en pages par

<pixellence>

CET OUVRAGE
A ÉTÉ ACHEVÉ D'IMPRIMER
SUR ROTO-PAGE
PAR L'IMPRIMERIE FLOCH
À MAYENNE EN MAI 2025

N° d'édition : 614678-0. N° d'impression : 107105
Dépôt légal : août 2025
Imprimé en France